수
면

아
래

이주란
장편소설

수
면
　아
　래

문학동네

차례

수면 아래

작가의 말

1

우경과 나는 얼어붙은 저수지의 수면을 바라보다 일어났다.

오늘도 꿈을 꾸었어?

응, 꾸었지.

어떤 꿈.

음, 왜인지 엄마가 다른 사람이었어. 남동생도 있었는데 엄마가 우리에게 너희는 내성적이고 개성이 없어서 좋다고 했어. 다 같이 한방을 썼고, 방안에서는 채소들을 키웠고, 그래서인지 방바닥엔 흙이 여기저기. 치우려고 하긴 했는지 온통 흙투성이인 건 아니었어. 또 방안에 벌레들 여러 종류가 기어다니고 있었어. 아무래도 채소를 키우고 있었으니까 벌레도 있었겠지. 그 동네의 이름은 태촌이었던 것 같아.

전에 태촌이라는 데 살았었나.

아니.

어딘가엔 있을 것 같은 이름이야.

나는 고개를 끄덕였고

벌레들을 봤을 땐 어땠느냐고 우경이 물었다.

벌레들 없는 쪽에 이부자리를 깔아야겠다 했어.

내성적이고 개성이 없어서 좋다는 말을 들었을 땐.

그냥 그렇구나.

다 아무렇지 않은 건 아닐 테고.

응.

작은 돌들이 와작와작 밟히는 소리 외에는 사방이 고요한 밤길에 우리 둘뿐이었다. 멀리서 개가 짖는 소리가 들리기에 몇 번 작게 따라 짖었다. 그러다 한번은 크게 짖어보기도 했는데, 가로등 근처에 갔을 때 앞서 걷던 사람이 있다는 걸 알았다.

버스 정류장 쪽으로 나가 우동을 먹기로 했다. 멀리 불빛들이 보이자 우경이 머리에서 헤드랜턴을 풀어 왼팔에 끼었다. 낮 동안 쌓였던 눈이 부는 바람에 흩날리고 있었다.

저녁 여섯시부터 새벽 두시까지 문을 여는 작은 우동집으로 들어갔다. 가끔 새벽에도 가곤 하는 곳인데 기본우동과 어묵우동, 짜장면과 짜장밥을 판다. 우동을 먹자고 해놓고 둘 다 짜장면을 주문했다. 주인이 쪽파를 띄운 어묵국물을 가져다주며 3월인데도 아직 춥다고 말했다. 우경이 혹시 소주가 마시고 싶은지 묻기에 그렇다고 대답했다.

어제 회식에서 말이야.

우경이 소주를 주문한 뒤 말했다.

우는 어른을 오랜만에 봤거든.

누가 우셨어?

송부장님이 우셨는데, 어른이 우는 건 정말 오랜만에 본 거야. 아무튼 집에 와서 씻고 자려고 누웠는데 도통 잠이 오질 않더라고.

아무래도, 라고 말하며 테이블에 놓인 소주를 따랐다.

사람들이 아이고 부장님, 좋은 날 왜 그러시냐고 하니까 부장님이 좋은 날이라니, 하면서 너무 슬프다는 거야.

술에 취해 있었나.

아니, 내 생각엔, 아무래도 갑자기여서.

우경은 짜장면을 한입 먹었다. 소리를 내지 않고 조용히 먹었다. 자기가 결정한 것처럼 보이지만 아마도 다른 어떤 많은 상황이 있었을 것 같고. 우경이 덧붙였고, 나는 그렇다면 그렇겠다 생각하며 따뜻한 짜장면을 먹었다. 단무지를 안

주로 남은 술을 마저 마시고 밖으로 나왔는데 다시 눈이 내리고 있었다.

봄눈이다.

3월인데 눈이 내린다.

왜인지 다행인 것 같다는 기분을 느끼면서 우경과 왔던 길을 되돌아 집으로 갔다. 모르는 얼굴이지만 이쪽 길로 접어든 걸 보니 길 끝에 위치한 한 동짜리 아파트에 사는 듯한 할머니도 우경의 헤드랜턴 불빛을 따라 같이 눈을 맞으며 걸었다.

우리집이 먼저 나올 텐데 어쩌지.

아파트 근처에 가면 밝으니까 괜찮을 거야.

우리는 랜턴 불빛 근처에 할머니가 있을 수 있도록 천천히 걸었다.

이만오천원 주고 샀는데 꽤 쓸모가 있네.

우경이 말했고 나는 고개를 끄덕였다.

2

아침에 일어나면 의자 위로 올라가 팔을 들어 양 손바닥으로 천장을 밀어올린다. 얼마 전 책장 위 먼지를 닦으려 의자 위로 올라갔다가 우연히 방안을 내려다봤는데 문득 낯설었다. 걸리버가 되고 싶니. 엄마가 물었고 나는 아무래도 그런 마음은 없었지만 계속해서 천장을 밀어올렸다. 천장은 의외로 들면 들 수 있을 것만 같이, 내가 미는 만큼씩 밀렸다 내려왔다. 이러다 무너질 수도 있겠다 싶어 얼른 의자에서 내려왔다. 먼지를 닦으려고 했던 물티슈는 책장 위에 그대로 올려둔 채여서 다시 한참을 찾았다. 말없이 미역국에 밥을 말아 먹고 마을버스 정류장을 향해 걸었다. 날은 좀 쌀쌀한데 햇볕은 따뜻해서 볕이 이렇게 따뜻하구나 알 수 있었다. 탈 때는 몰랐는데 내릴 때 보니 곧 마을버스의 운행이 중단된다는 안내문이 곳곳에 붙어 있었다.

사십 분가량 버스를 타고 해동중고라는 가게로 출근한다. 곧 운행을 중단한다는 마을버스는 세 개의 동(洞)을 거치는데 마을의 가장 안쪽까지 들렀다가 다음 마을로 간다. 해동중고는 중고물품을 파는 곳으로 나는 거기서 걸려오는 전화를 받거나 들어온 물품들을 세척하고 전시된 물품들을 판다. 직원은 나 하나뿐이고, 사장님이 오전에 후배와 물품을 들여오면 손님이 없는 틈에 씻고 닦고 흠집난 곳을 때운다. 그런 다음 품목에 맞춰 정해진 자리에 진열하면 되는 일이었다. 매장 옆 공터에서 세척을 끝낸 물품들은 웬만하면 내가 들고 층계를 오르기에 문제가 없었다. 지하에는 침대나 냉장고 등 대형 가구와 가전이 진열되어 있었다. 공터와 이어진 주차장과 세척장 쪽에서 보면 지하층이 일층으로 보이는 구조였다. 매장의 주변엔 작은 가게와 부동산, 가정식 백반집과 공구 상가가 있고 나는 종종 가게나 백반집에 가곤 한다.

나는 이곳에서 초등학교와 중학교와 고등학교까지 다녔다. 우경과는 고등학교 동창으로 우리는 열일곱 살에 처음 만났다. 삶의 반 이상을 함께해왔고 중간에 한 번 결혼을 했다가 헤어진 적이 있다. 결혼식을 하던 날에는 평소 말수 적은 나의 어머니와 우경의 동생 우재까지, 넷이서 차례로 울었던 것 같다.

해동중고는 월요일 하루만 문을 닫는다. 토요일은 분주해 둘 다 출근을 해야 하고 일요일에는 사장님이, 화요일에는 내가 혼자 출근을 한다. 모든 것이 인터넷으로 거래되는 시대지만 부피가 큰 제품들을 직접 볼 수 있고 인터넷을 다루기가 쉽지 않은 사람들도 있어 꾸준히 운영된다.

토요일과 일요일엔 주차장과 이어진 공터에 아이들이 하나둘씩 모여든다. 원래 주민이 적은 마을이라 다 해도 넷을 넘긴 적은 없다. 아이들은 모두 자전거를 타고 온다. 자전거를 나란히 주차한 뒤에는 바람 빠진 공을 차기도 하고 근처 슈퍼에서 과자를 사와 먹기도 한다. 한번은 한 아이가 볼백에 새 공을 넣어왔는데 그걸 꺼내서 차지는 않아 나머지 아이들이 자랑하려고 가지고 왔느냐며 타박을 했다. 또 한번은 각자 다른 과자를 사와서는 다 먹어갈 때쯤에 하나씩 나눠먹는 것을 본 적이 있다.

여보세요.

여보세요.

네, 뭐 좀 물어볼게요.

네, 물어보세요.

제가 항아리가 많아서요.

아, 죄송하지만 저희는 항아리는 취급하지 않는데요.

그런가요.

네.

그래도 한번 생각해봐주실 수 없나요.

글쎄요.

갖다 두면 사려는 사람도 있지 않을까요.

아.

좋은 항아리예요.

아무래도 둬본 적이 없어서 그런 건 알 수가 없어요.

좋은 항아리예요.

그럼 연락처를 남겨주세요.

연락처를 받아둔 뒤에는 컴퓨터를 켜고 청소를 했고 점심으로는 토마토를 먹었다. 설탕을 뿌린 토마토가 담긴 네모난 통에는 단물이 생겨 있었다. 나는 바깥으로 지나는 차들을 바라보며 토마토를 씹어 삼키고 단물을 마셨다. 얼마간 토마토를 먹지 못한 적이 있었다. 사둔 토마토에 곰팡이가 핀 것을 보고도 곰팡이다, 버려야 하나, 생각만 하고서 또 하루인가 이틀을 그대로 두었다. 이제 진짜 버려야 하나보다 하면서도 곰팡이가 핀 곳만 잘라낸 뒤 설탕을 뿌렸고 지금이라도 뱉을까 생각하면서도 꾸역꾸역 토마토를 먹었다. 아까워서는 아니었고 왜 그랬던 건지 아직도 모르겠으나 아무튼 곰팡이는 잘라내고 없는데도 마치 눈앞에 곰팡이가 피어 있는 듯한 기분으로 토마토를 먹었다. 그후로는 토마토만 보면 곰팡이가 아른거려 깨끗하게 썰린 토마토도 먹지 못했다.

가게는 좀 어때요.

전기포트와 작은 책장을 팔았어요.

다른 별일은 없고요.

어떤 분이 전화로 항아리를 받느냐고 물었어요.

항아리라.

좋은 항아리라고……

좋은 항아리라……

네.

알겠어요.

나 혼자 있을 때는 사장님이 한 번씩 전화를 걸어오고, 급히 물어볼 것이 있을 땐 내 쪽에서 먼저 걸기도 한다. 가끔 가격표가 붙어 있지 않은 상품도 있었고 애매하게 조금 낮은 가격을 부르는 손님도 있었다.

평일에 사장님은 세척이나 흠집을 때우는 작업이 끝나 한

가로울 때마다 이쑤시개로 탑을 쌓았다 무너뜨리기를 반복하는 것을 반복한다. 이 정도는 해줘야 반복이라 할 수 있다며 반복하는 것을 반복한다고 했다.

사는 것도 그렇습니다. 그냥 반복이라고 한 번만 말하기엔 너무 약하다고 생각해요. 예전에는 성냥으로 했지만 너무 쉬워서 이쑤시개로 바꿨는데 어때 보이나요. 어려워 보이나요.

어려워 보여요.

뭐랄까, 너무 쉬워서 기분이 이상하더라고요. 언젠가 성냥이 모자랄 때까지 하고 나니까 기분이 정말 이상했어요. 요즘 말로 하면 '현타'가 왔달까요.

이쑤시개는 좀 낫나요?

보세요. 이쑤시개는 좀 어려울 줄 알았는데 막상 이것도 잘됩니다. 매끈한 원형인데도 말이에요. 나는 이게 좀 말이 안 되는 일이라고 생각해요. 하지만 말이 안 되는 일이라고 생각하면서도 일단은 계속합니다. 이거라도 해야지 어쩌겠어요.

이쑤시개를 한 통 더 쌓아보시는 건 어떠세요.

좋은 생각이에요. 해인씨도 한번 해보겠어요?

네.

기분이 이상해질 수도 있다는 점 유념하고요.

네.

내가 이걸 세 통, 네 통, 열 통을 쌓는다고 해도 방송에는 나가지 않을 생각이에요. 이쑤시개 사러 가는 김에 먼저 퇴근합니다.

3

저녁에 우경이 줄 것이 있다며 자전거를 타고 집 앞으로 왔다. 저녁은 먹고 왔느냐고 물었더니 그렇다고 했다. 갑자기 또 날이 추워졌다며 자꾸 이러면 감기에 걸릴지도 모르겠다는 얘길 하고 있을 때 하늘이 어둑해졌다.

비가 한두 방울씩 떨어지기 시작했으므로 어디론가 가야 했다. 자전거를 타고 와서 술은 마시지 못하고 날도 추우니 카페에 갈까 하다가 같이 집으로 들어왔다. 텔레비전을 보고 있던 엄마가 우경을 반겼다.

비가 온다는 예보가 있었나?

없었던 것 같아요.

주말엔 날씨 좋았는데.

맞아요. 강릉도 좋았어요.

그래서 잘 다녀왔나.

재미없었어요.

재미있었다는 뜻이다. 우경은 강릉에서 사온 커피빵을 내려놓았다.

〈전원일기〉 보고 계셨네요.

응, 저녁은?

아직이요.

그렇게 대답하며 부엌으로 갔다. 엄마와 우경은 나란히 가스레인지 앞에 서서 그 위에 놓인 냄비들의 뚜껑을 하나하나 열어보았다.

어머니, 또 카레를 한 솥 하셨어요?

조금 한다는 게.

배춧국도 있네요.

그건 싱거워.

얼마나 싱거워요?

나는 그런 싱거운 대화를 들으면서 두 사람의 등을 한참 바라보았다. 만약 얼굴이었다면 그렇게 보는 것이 실례였을 만큼 빤히, 둘의 등을 보았다. 빗방울이 점점 무거워져 후드득거리며 창문을 때렸다. 그 소리 뒤로는 끼이익— 하며 이집

저집 창문 닫는 소리가 들려왔다. 나는 텔레비전 속에서 어린 복길이가 밤에 집 앞에서 엄마를 위로하는 장면을 멍하니 보다가 아차 하며 방으로 들어가 창문을 닫았다. 부엌과 거실을 나누는 이인용 식탁에는 카레와 배춧국이 차례로 놓이고 있었다.

밥을 다 먹고서 갈 수 있을까 없을까 하던 차에 빗줄기가 거세졌고 위험하니 자고 가자는 쪽으로 결론이 났다. 자고 가는 일은 거의 없어서 우경에게 새 칫솔을 하나 꺼내주었다. 엄마와 내가 차례로 양치를 했고 마지막에 우경이 양치하는 옆모습을 보았다. 문을 닫고 하라고 했지만 못 들은 것 같았다. 머리 전체를 흔들며 이를 닦아서 귀를 덮은 머리칼이 들썩거렸다.

시원해?

엄청.

그 정도로 하면 이가 마모되지 않을까.

했더니 엄마가 양치란 본디 시원해야 한다고 말했다. 엄마는 나와 단둘이 있을 때보다 우경이 함께 있을 때 더 많은 말을 하곤 했다.

각자 방으로 들어가기 전에 우경이 자전거를 처음 배운 날의 이야기를 들려주었다.

별 이야기는 아니에요. 어머님은 자전거를 탈 줄 아시고 해인이는.

나는 못 타고.

배우고 싶으면 언제든 이야기해주고.

응.

비가 올 때 자전거를 타면 어김없이 떠오르는 장면이 있는데요, 중학교 때 수련회에 가서 자전거를 타던 날이에요. 꼭 수련회나 소풍을 가는 날이면 비가 오곤 했어요. 그 기억은 저를 수련회 전날로 인도합니다. 그러니까 정확하게 말하자면 제가 마지막에 떠올리는 장면은 수련회 날은 아니고, 그 전날. 저는 자전거 타는 법을 늦게 배운 편이거든요. 중학생 때니까 아무래도 대부분의 친구들이 자전거 타기를 배운 시기보다는 늦은 편이라 할 수 있지요. 물론 아주 어릴 때 세발자전거를 탄 적은 있었어요. 하나뿐이어서 우재랑 서로 타겠다고 다퉜을 것 같지만 그러지는 않았습니다. 어떻게 들릴지 모르겠지만 서로 양보를…… 흠흠. 아무튼요. 중학교 일학년 때인가 이학년 때 학교에서 수련회를 갔거든요. 그런데 프로그램에 자전거를 타고 어딘가까지 갔다 오는 순서가 있었어요. 한 반이 먼저 다녀오면 다음 반이 그 자전거를 바통 터치 하듯이 넘겨받아 또 달려나가는 거예요. 계속 계속 바통 터치. 계속 계속. 근데 저는 자전거를 못 탔거든요. 저 말고도 못 타는 친구들이 몇 있어서 그애들은 빠졌어요. 아주 강압은 아니어서 그렇게 빠지는 것도 가능했지만 저는 수련회 전날 아버지에게 자전거 타는 법을 가르쳐달라고 말했어요. 바퀴가 아주 가늘고 커다란 자전거였던 기억이 납니다. 또 녹이 슬고 낡은 자전거였다고 기억하는데 그 자전거가 실제로 낡았던 건지 제 기억 속에서 낡아버린 건지는 자신이 없고요.

응.

응.

아버지는 키가 작고 아주 마른 사람이었어요. 평소에도 거의 말이 없던 사람이었고 그날도 올라가, 앞을 봐, 페달, 손에 힘 빼, 브레이크, 같은 몇 마디와 쓰러질 것 같으면 몸과 핸들을 쓰러지는 쪽으로 돌리라는 것 말곤 별다른 말은 없었던 기억인데요. 하늘이 깜깜해졌을 무렵 어떻게 된 일인지 오른쪽 페달을 밟았을 때 바퀴가 끄응 하는가 싶더니 앞으로 굴러가는 게 아니겠어요. 물론 불안정한 자세였지만 저는 축구 골대를 향해 계속해서 페달을 밟았어요.

아까 어둑해지는 하늘을 보면서 페달을 밟았더니 문득 그

날이 조금 떠올랐고 그래서 좋았습니다. 그런데 많이는 아니고 조금. 조금만 떠올랐습니다. 조금. 그러니까 조금이었고 또 짧았고요. 이런 기억은 자꾸 짧아지고 이렇게 다시 한번 말하지 않으면 흐릿해지고 그래요. 영화처럼 길게는 불가능하고 사진같이 한 장면뿐인…… 그렇게 한 장면으로 남아버렸어요. 골대를 돌아 교문 쪽에 서 있는 아버지에게 돌아갈 때, 운동장을 비추던 불빛 아래에서 아버지가 가만히 한 손을 들어올리던 장면이……

이쪽이라고,

이리로 오면 된다고 하는 목소리를 들은 듯한 기분이었는데 실제로는 키가 작아서 보이지 않을까봐 그랬다고 하셨습니다.

우경의 말이 끝나자 엄마는 앉은 채로 한 손을 가만히 들어올렸다.

이렇게?

네, 맞아요.

나는 엄마를 따라 한 손을 들어올렸고,

그렇게 기준! 하는 것처럼 귀에 딱 붙이지 않았고 대충. 대충 이렇게.

우경이 시범을 보였고 나는 꼿꼿이 세웠던 팔을 풀어 대충 들었다.

　이제 졸린 사람 손 내릴까요.

　손을 들었던 순서대로 내려놓은 뒤에는 깔고 앉은 납작한 방석을 차례로 쌓아 탁자 아래에 넣었다. 탁자 위에는 귤이 담긴 바구니와 리모컨, 메모지와 목에 걸 수 있는 끈이 달린 볼펜, 우경이 꺼내놓은 지갑과 휴대폰이 있었다. 귤을 한 개 먹고 싶은데 양치를 해서 아무래도 먹을 수가 없겠다는 이야길 했다. 우경과 엄마가 모두 잠든 후에는 떨어진 단추를 외투에 다는 아주 사소한 일을 했다.

4

새가 우는 소리를 들으며 잠에서 깨는 날이 많아졌다. 새들은 몇 마리가 아니라 수십 마리쯤 되는 듯했다. 아침으로는 찬물에 흰밥을 말아 오이지와 먹었고, 얼굴을 씻을 땐 문득 비누 거품이 날아올라 공중을 떠다니기에 좀 오래 바라보았다. 비누 거품은 이미 공중에서 사라졌는데도 세면대 앞에서 한참을 헤맨 덕에 배차 간격이 긴 마을버스를 놓칠 뻔했다. 종일 어제와 다를 바 없는 하루를 보내고 마감 즈음이었다. 장미씨가 왔다.

해인씨, 해가 좀 길어졌네요.

그러네요.

어제 한숨도 못 잤어요.

어쩌다가요.

모르겠어요. 그래도 피곤하진 않아요.

네.

마지막으로 눈이 왔던 날에요.

네, 얼마 전에.

그날 이런 꿈을 꾸었어요. 저는 천천히 의자를 밀고 일어나 해인씨를 따라나섰어요. 사방이 고요했고 멀리 어딘가에서 비질하는 소리만 이따금 들려왔지요. 해인씨가 눈삽으로 눈을 밀면 제가 빗자루로 얇게 남은 눈들을 정리했어요. 그러는 동안엔 별다른 말 없이 비질을 계속했고요. 우리는 요 옆 상가 앞을 쓸고 있었고 맞은편 아파트에서는 아이 서넛이 눈싸움을 하고 있었어요. 그리고 그다음날이었던가요. 또 눈이 엄청 오는 꿈을 꿨는데요.

장미씨는 이마에 달라붙은 머리칼을 떼어내고 말을 이었다.

어디 여행중이었던 것 같아요. 한국이 아니었거든요. 눈은 엄청 오는데 짐을 전부 잃어버렸지 뭐예요. 크게 놀라지도 않고 에이, 뭐 어쩔 수 없네 하면서 시계를 봤더니 아홉시 반. 아주 늦은 시간은 아니니까 일단 먹자, 하고서 어떤 가게에 들어가서는 술이랑 음식을 먹으면서 모르는 사람들하고 즐겁게 이야길 했어요. 짐을 전부 잃어버려놓고도 즐거워했지요. 그러다 하나둘 사람들이 자리에서 일어나기에 나도 밖으로 나왔어요. 사람들은 인사 없이 제게서 멀어졌고, 저는 내리는 눈만 하염없이 바라보면서 생각했어요. 찾을 수 있을까. 찾을 수 없을 것 같다. 아무것도 찾을 수 없을 것 같다. 휴대폰도 없고 완전히 빈손인 채로.

그러다 깼나요.

네, 찾을 수 없을 거라는 생각만 하다가 깼어요.

기분은 어땠나요.

왠지 절망하진 않았던 것 같아요.

외투는 있었고요.

있었고요.

나는 고개를 끄덕였다. 실제로는 잃어버릴 것도 없다고, 아니 다 잃어버려도 상관없는 것들이라고 하기에 나는 그냥 그런가요, 하였다. 그러자 이런 것도 받아주느냐며 장미씨가 삑삑 소리가 나는 닭 인형을 꺼냈다. 장미씨는 일주일에 한 번씩 해동중고에 들러 물건을 사거나 파는데 늘 마감 즈음에 매장에 들르곤 했다. 대부분 물건을 사거나 팔면 바로 가는 편이지만, 가끔은 먹을 것을 주고 가거나 매장에 비치된 믹스커피를 마시면서 이런저런 이야기를 나누기도 했다. 길어질 것같이 이야기를 시작해서 일곱시가 넘었나보다 하고 시계를 보면 여섯시 오십구분쯤 되었다.

　장미씨, 이건 너무 큰데요.

　그런가요.

　특대형이네요.

　누군가는 사지 않을까요.

　그럴까요.

　알겠어요. 떡볶이 먹으러 갈래요?

　머리를 자를 예정이었기 때문에 잠시 망설였지만, 서둘러 청소를 마치고 장미씨를 따라 구도심 쪽으로 걸었다. 당시엔 모르는 사이였으나 장미씨와 나는 같은 초등학교를 다녔고 같은 분식집과 같은 문구점을 다녔다.

　해인씨, 사실은 며칠 전에 해인씨를 봤거든요.

　저를요.

　네, 해인씨를요. 해가 질 무렵 벚꽃잎이 흩날리는 길가에서 누군가와 함께 걷고 있었는데 그게 너무 좋아 보였어요. 좋아 보였고, 또 저도 좋았고요.

　장미씨도요.

　네, 지금이 아니면 그런 장면은 볼 수가 없잖아요.

　매년 봄이면 늘……

　내년은 내년이잖아요.

그런가요.

작년 이맘때 아버지가 돌아가셨습니다.

장미씨는 닭 인형을 눌러 삑삑 소리를 냈다. 지나는 사람들이 장미씨를 쳐다보았고 나는 장미씨에게 닭 인형이 든 가방을 건네받았다.

원래 가까운 사이도 아니었고 너무 오래 아프셨기 때문에 많이 울지는 않았어요.

인도가 좁아 마주 오는 사람과 부딪히지 않으려면 나란히 걷기는 어려웠다. 나는 장미씨를 따라 걸으며 이따금 목소리를 높여 네, 하고 대답했고 장미씨는 띄엄띄엄 말을 이었다. 몇 년 전에 어머니도 아파서 돌아가셨고 형제는 없다고 말한 뒤로는 분식집에 도착할 때까지 말없이 걸었다. 오래된 가로등의 불빛이 어두워서 아직 겨울인 듯한 풍경이었다. 구도심의 절반쯤은 재개발이 예정되어 있었으나 나머지는 내년은 되어봐야 알 수 있다는 얘기를 매장을 오가는 사람들로부터 건너들었다.

구도심에 도착하자 여성복을 파는 매장 골목부터 주차장 끝까지 장이 늘어서 있었다. 가까이 가서 보니 거의 폐장 분위기였다. 나는 상추 두 종류와 고추와 방울토마토와 치커리와 가지 모종을 샀고 장미씨는 작은 치자나무를 샀다. 오천원이었다. 하얀 꽃잎을 보니 좋네요, 하면서 줄기와 잎의 모양이 쑥갓과 비슷한 화분도 담았다. 천원이라는 말에 놀라 이름도 묻지 않고 샀는데 중심부가 노랗고 꽃잎이 하얀 것이 옥스아이데이지 아니면 마거리트, 둘 중 하나인데 지금 핀 것을 보니 마거리트 같다고 둘이서 결론을 냈다. 화분은 있는지 물었더니 베란다에 빈 화분이 셀 수 없이 많다고 하였다.

모두 아버지 것이에요. 그리고.

네.

지금 저는 태어나서 화분이란 것을 처음 사보았어요.

그런가요.

대단한 일도 아닌데 정말 좋네요.

치자나무와 마거리트가 뭘 좋아하고 뭘 싫어하는지, 그러니까 어떻게 살아야 하는지 알아보고 잘 키울 거라고 장미씨가 말하는 사이 분식집에 도착했다. 아버지도 장돌림 장사를 하는 상인이었어요. 꽈배기를 튀겨 파는 상인. 팔고 남은 꽈배기를 먹은 세월보다 이 분식집에 다닌 세월이 더 길다는 것이 새삼스럽습니다. 삼십 년을 이걸 먹네요, 하면서 메뉴판은 보지도 않고 떡볶이와 김밥을 주문하였다.

사장님 부부 말예요.

네.

왜 그때랑 얼굴이 똑같죠.

저도 같은 생각을 하고 있었어요.

5

장미씨의 닭 인형을 인형 코너에 두고 게시판 글을 확인했다. 스탠드 사나요, 스탠드 파나요. 십 년 된 냉장고지만 새것 같다며 가져가만 달라는 글도 있었다. 나는 사무실 캐비닛을 팔고 싶다는 짧은 글과 함께 첨부된 사진을 자세히 들여다보며 답글을 달았다.

세척을 하는 공터에 자주 오는 아이들 중 한 아이가 할머니, 할아버지와 함께 빙수기를 사갔다. 매장의 가장 안쪽 라인에 비교적 부피가 작은 물품들이 진열되어 있었다. 그쪽으로 달려가 이것저것 물건들을 들었다 놨다 하며 구경하는 아이를 할머니가 제지시켰다. 몇 차례 반복된 호명에 그애의 이름이 환희라는 것을 알았다. 환희는 배를 누르면 삑삑 소리가 나는 특대형 닭 인형을 갖고 싶어했다.

또 하루 가지고 놀다가 버릴 거면서.

아니요!

할아버지는 탐탁지 않아 하면서도 빙수기와 함께 환희가 고른 장난감을 계산했다. 환희는 쉴 틈 없이 닭의 배를 누르며 삑삑거렸고, 할머니와 할아버지는 팥은 있으니 우유를 사 가면 되겠다고 이야기 나누며 내게서 돌아섰다. 빙수기가 가볍지만은 않아 문을 열어주고 보니 할머니와 할아버지는 슈퍼 쪽으로, 환희는 공터 쪽으로 향하고 있었다. 못 보던 갈색 개 한 마리가 공터를 돌아다니고 있기에 누구네 집 개인데 여기까지 왔나, 생각하다 평소보다 일찍 집에서 싸온 주먹밥을 먹었다.

사장님은 오후에 물건들을 잔뜩 싣고 돌아왔다. 일을 돕는 후배가 나오지 못해 물건 내리는 것을 도왔다. 트럭을 가득 채웠지만 큰 물건은 없어 둘이서도 가능했다. 사장님은 이거, 이거, 이거 같이 내려주면 나머지는 내가 할게요, 하면서 열심히 물건을 내렸다. 같이 물건을 내린 뒤로는 다른 말이 없어 세척 준비를 하는데 출입을 알리는 종소리가 들려와 안으로 들어갔다.

미안하지만 빙수기가 작동하질 않는다고 환희의 할머니가

말했다.

　죄송해요. 잠시만요.

　나는 빙수기를 작동해보았다. 버튼을 누른 뒤 칼날이 돌아가는 것을 본 할머니는 아까는 안 됐다고 말했다. 작동 버튼이 하나였기에 방법이 잘못된 것 같지는 않았다. 다른 빙수기가 있는지 묻기에 그렇다고 대답은 했으나 방금 내린 물건이어서 바로 판매를 할 수는 없었다.

　내일 제가 댁에 가져다드려도 될까요.

　그럼 내일 다시 오지요.

　아니에요. 제가 가져다드릴게요.

　저 끝에 치킨집 아래 파란 지붕 집이에요.

　네, 파란 지붕.

　점심 전에 와줄 수 있어요?

　네, 점심 전에요.

　내가 고개를 끄덕이자 할머니는 고마워요, 하고는 돌아서서 가게를 나갔다. 문을 열어주고서 나 역시 할머니를 따라 나왔다. 내려다본 공터에서는 아이들과 갈색 개가 뛰어놀고 있었다.

　세척을 하기 위해 공터 한편에 마련된 세척장으로 갔을 때 아이들은 공터와 텃밭의 경계에 늘어선 작은 묘목들에 물을 주고 있었다. 환희와 또 한 명의 아이가 세척장에 설치된 수 돗가에서 긴 호스를 가져가 두 손으로 잡고 물을 뿌렸다. 마을엔 버드나무가 지천이었으나 묘목은 아직 잎이 나기 전이라 어떤 나무인지 알 수 없었다. 아이들로부터 얼마간 떨어진 그늘에 사장님이 쭈그려앉아 그 모습을 바라보고 있었다.

애들아.

사장님이 아이들을 불렀으나 아이들은 대답이 없었다.

애들아!

아이들이 뒤를 돌아보았고,

그거 죽은 나무야.

사장님이 말했다.

네?

그거 죽은 나무야. 물 안 줘도 돼요.

두 아이는 호스를 잡은 채로 멀뚱히 사장님과 내 쪽을 바라보았다. 한낮의 오후 햇살이 기울어진 채로 빈틈없이 내리쬐고 있었고 작은 무지개가 생겨났다 사라졌다를 반복하고 있었다.

그래도 줘볼래요.

줘도 소용없어요.

살아날지도 모르잖아요.

그러진 않을 텐데…… 줘봐 그럼.

사장님은 마치 혼잣말처럼, 조금 작아진 목소리로 말했고 아이들은 계속해서 그 나무에 물을 주다가 근처에서 한창 자라나고 있는 다른 작물들에도 물을 뿌리기 시작했다. 그거 죽은 나무야. 물 줘도 소용없어요. 살아날지도 모르잖아요. 줘봐, 그럼. 사장님과 아이들이 나눈 대화가 머릿속을 맴돌았다. 나는 사장님과 아이들 그리고 하늘을 번갈아 바라보았다. 고추밭 위를 날던 새들이 고인 물가를 향해 날아갔다.

어린이들! 이제 줘요. 우리 일해야 돼.

사장님은 아이들을 향해 이리 오란 뜻으로 손을 휘휘 저었다. 아이들은 할 만큼 했는지, 일한다는 얘기에 설득이 된 건지 그제야 호스를 들고 우리 쪽으로 걸어왔다. 사장님도 나도 물을 잠그지 않아 아이들이 걸어온 길 그대로 흙이 젖으며 길이 났다. 앞장서 호스를 든 환희는 빙글빙글 호스를 돌려가며 무늬를 만들어냈고 나로서는 도통 어떤 무늬인지 알 수 없었지만 환희는 그게 재미있었는지 나를 향해 걸어오는 내내 웃고 있었다.

아줌마, 저는 왜 태어났을까요?

응?

그뒤로 환희는 자주 매장 안까지 들어오곤 했다. 사장님은 또래 자녀가 있다며 아이스크림을 사다두기도 했다. 한번은 아이들 모두 꼭지를 따지 못해 내가 따준 적도 있었다. 누가 먼저 내게 꼭지를 맡길지 순서를 정하는 데도 몇 번의 게임을 해야 했는데 그걸 지켜보는 게 좋았다. 마지막 순서였던 준수가 쭈쭈바 꼭지를 내게 건네고는 지난주에 영어학원 선생님이 돌아가셨다고 전했다.

　저희 엄마랑 동갑이셨거든요. 그러니까…… 동갑 아시죠? 선생님 나이가 저희 엄마랑 같으셨거든요.

　아이들이 차례로 쭈쭈바를 받아들고 나갔으므로 매장 안엔 준수뿐이었다. 꼭지를 딴 쭈쭈바를 받은 뒤에 친구들을 따라 바로 나가지 않아 왜 그런지 물었더니 처음엔 우물쭈물하다가 말을 꺼낸 것이다. 준수는 왜인지는 모르겠지만 일단 비밀로 해달라고 말하면서 또 왜인지는 모르겠지만 말하고 싶었다고 하였다.

　근데 엄마한테는 말 못했어요.

　준수가 다시 쭈쭈바를 손에 쥐고 매장에서 나가는 뒷모습을 가만히 바라보고 있을 때 우경의 연락을 받았다.

　우리는 시장 앞 버스 정류장에서 만났다. 무엇이 먹고 싶은지 묻기에 장미씨와 갔던 분식집에 가서 이번엔 쫄면을 먹었다. 우경은 꿈에 왕건이 나와서 밥을 먹여주었다면서 뭔가 크게 좋은 일이 있을 것 같다고 말했다.

그런데 왕건인지 어떻게 알았어.

물었더니 한참 골똘히 생각한 후에 최수종이었다고 하였다. 우경과 손을 잡고 길을 걷다가 약국 앞에서 할머니가 파는 우엉을 샀다. 이만큼의 우엉이 천원이라니, 하고 놀랐을 때 우엉밭을 본 적이 있느냐고 우엉을 팔던 할머니가 물었다. 할머니는 두꺼운 털실로 짠 겉옷에 목도리까지 두른 모습이었다.

아뇨, 우엉밭은 아직.

우엉을 많이 먹어도 우엉잎을 아는 사람은 거의 없다고 할머니가 말했다. 우리는 네, 그러고 보니, 대답을 했다. 쑥도 주세요, 하였더니 전쟁으로 훼손된 땅에서 가장 먼저 나는 게 쑥이라고 말해주었다.

할머니 할아버지한테 전쟁 얘기 들어봤지요?

아니요.

못 들어봤어요?

네.

전쟁을 겪었을 텐데.

저요?

할머니랑 할아버지.

아무래도…… 네.

나이가 어떻게 되는데요?

그걸 잘…… 모르겠는데요.

아이고, 자기 나이를 모른다고?

그게 아니라 할머니 나이를……

쑥과 엄지손가락만한 새송이버섯을 샀다. 집으로 돌아와
우엉을 손질하는 내내 할머니의 말이 맴돌기에 새카매진 손
끝으로 우엉잎을 찾아보았다. 손바닥보다도 훨씬 큰 잎이 나
풀거렸다.

6

여름 초입, 주말 오후에 집안에서 발견한 거미를 빳빳한 광고지로 떠 집밖으로 내보내고 있었다. 길에서 받은 대형 어학원의 광고지였다. 며칠 전 연립 입구 쪽에서 커다란 거미줄을 발견한 참이었다. 거미줄은 101호의 에어컨 실외기부터 연립의 담벼락까지 이어져 있었다. 며칠이 지나도록 치우는 사람은 없어서 날벌레들과 나뭇잎, 둥글게 뭉쳐진 먼지덩이 같은 것이 더해지는 모습을 보았다. 크기와 모양이 각기 다른 거미를 세 마리째 내보냈을 때 전화가 오고 있다는 걸 알았다. 끊기면 다시 걸 요량으로 다른 거미는 또 없나, 현관 주위를 끝까지 둘러보고서야 전화를 받았다. 우경이었다.

잠은 잘 잤는지 묻는 짧은 통화를 마치고서 거실로 갔다.

엄마는 거실 바닥에 지역광고지를 여러 장 깔고 총각무를 다듬고 있었다. 바닥에 웬 지푸라기가 있나 했더니 총각무를 한 단씩 묶을 때 지난해 추수 후 남은 볏짚을 사용한 모양이었다. 나는 작은 칼을 쥐고 손을 보탰다. 왼손으로 무를 쥐고 돌려가며 긁어낸 뒤엔 흙이 잔뜩 묻은 총각무의 이파리를 삼등분하여 빨간색 김장용 고무통에 던졌다. 흙이 너무 많이 묻어있어서 이게 씻는다고 완전히 씻길까, 씻으려면 고생 좀 하겠다 말했더니 사실 흙은 조금 먹더라도 괜찮지 뭐, 엄마가 말했다. 나는 괜찮지 않았고, 이파리를 모두 다듬은 후엔 여러 번 씻고 또 씻었다. 씻은 무에 굵은소금을 뿌려두고 욕실 청소를 하였다. 배수구 덮개를 걷어내고 거름망을 꺼내 물때를 벗겨낸 다음엔 연달아 바닥과 벽의 타일 사이를, 거울을, 주름진 세탁기 호스를 닦았다.

한차례 양념을 만든 엄마가 김치를 버무리기 시작했다. 이제 우리는 총각무를 김치라고 부르고 있었다. 빨간 양념이 하얀 총각무에 골고루 입혀진 뒤엔 차례로 맛을 보았고 설탕과 매실액을 추가해 다시 버무렸다. 엄마가 차곡차곡 김치를 옮겨 담는 동안 나는 주변에 놓인 것들을 정리하고 바닥을 닦아냈다.

엄마는 위생장갑을 벗으며 일어났고 나는 그것을 받아서

쓰레기통에 버렸다. 아침부터 김치를 담그느냐 마느냐 상의하는 것에서부터 시작해 대로변 마트에 나가 총각무를 사가지고 들어와 다듬고 씻고 절이고 양념을 만들어 버무린 것치고는 소박한 양의 김치를 말없이 바라보았다. 김치 한 통을 만들기 위한 일들. 이렇게 하여 밥을 먹고 김치를 먹고 사는 것. 하루가 다 간 느낌이었는데 엄마가 먼저 하루가 다 갔다고 말했다. 나도 그렇게 느꼈지만 괜히 아직 여섯시밖에 안 되었는데? 라고 말해보았고 엄마는 벽시계를 올려다보며 다 간 거라고 말했다. 그러면서 올해도 거의 다 간 거나 다름없다고 덧붙였다. 그렇게 지나지 않았으나 다 지나가버린 거라고 생각하는 하루하루를 살면 조금 가벼워지는 것인가 생각하며 초록색 둥근 컵에 믹스커피 봉지를 뜯어 쏟았다. 내용물은 두꺼운 잔 바닥에 소리를 내지 않고 떨어져내렸다.

　엄마는 나를 열여덟에 낳았다. 그것 말고는 아는 것이 거의 없다. 아버지에 대해서도 아는 게 하나 없으니 할아버지나 할머니에 대해서는 말할 것도 없다. 아주 오래 궁금해했으나 그만두었다. 엄마에게선 아무런 말도 들을 수 없었다. 엄마는 늘 성실히 일했고 내게 간섭하지 않는 사람이었다. 그랬으므로 나는 그런 것들을 물을 때 돌아오는 침묵도 받아들여야 했다. 무슨 연유인지 엄마 역시 친척이 없어 어릴 때부터 명절이라고 친척집에 가는 경우도 없었다. 집은 늘 어느 정도 고요했고 나는 초등학교에 들어가서부터 밥을 하고 자기 전 직접 불을 껐다. 사학년이 되었을 무렵부터는 학원을 등록하거나 그만두는 것도 스스로 결정했다. 학교나 학원에서는 부모님을 뵙기를 원했지만 엄마는 늘 내 마음대로 하라고 해서 나는 그렇게 했다. 종종 방치된 느낌이 들었으므로 온전히 마음대로 하는 것도 쉽지는 않았다. 그저 무언가 처음부터 잘못되었구나, 하는 생각을 꽤 오래 했었다는 기억만 남아 있다.

열 평 남짓한 이모의 미용실에는 여섯 사람이 있었다. 이모는 엄마와 오래된 친구 사이로 재개발 예정지를 비켜간 건너 구역에서 미용실을 운영하고 있다. 한 사람은 거울을 마주하고 앉아 이모에게 파마용 습지를 하나씩 건네고 있었고 나머지는 긴 가죽소파에 나란히 앉아 찐 고구마를 먹고 있었다. 끓고 있던 전기주전자에서 가열이 완료되어 탁 소리가 났다. 파마중인 할머니가 옥수수차 티백을 하나씩 까서 종이컵에 넣고 물을 부었다. 그 주변으로 가볍게 구수한 향이 퍼졌다. 화려하지만 빛이 바랜 보자기를 머리에 두른 할머니의 품에 안겨 있던 해피가 내게 알은척을 하였다. 해피는 몰티

즈로, 올해 열아홉살이 되었다. 나는 미용실 한쪽에 모종을 내려두고는 파란색 플라스틱 의자를 꺼내와 구석에 앉았다.

내 차례가 오려면 꽤 걸릴 듯하였다. 다음 차례는 주머니가 많이 달린 등산조끼를 입은 남자였다. 남자는 쥐고 있던 고구마를 급히 입안에 넣고는 차를 마시다 앗 뜨거워, 하였다. 두 발을 동동 구르는 바람에 미용실 안의 모든 사람이 한바탕 웃었고 그러자 문득 나도 웃을 뻔한 것을 간신히 참았다. 오가는 얘기로 그가 파프리카 비닐하우스 다섯 동을 하고 있으며 해피를 이모에게 데려다준 사람이라는 걸 알 수 있었다. 근처 초등학교 운동장에 혼자 있던 해피를 발견했는데, 얼마간 주인을 찾아주려 노력했지만 그럴 수 없었고 그즈음 아저씨를 먼저 보내고 상심해 있던 이모와 만나게 된 것이다. 해피의 담당 의사 말론 아직 몇 년은 더 살 수 있다고, 그때 텔레비전 프로그램에 나갈 준비를 하시면 된다 말했다고 한다. 이모가 그 얘기를 하자 그곳에 앉아 있던 사람 중 넷이 자기도 텔레비전에 나와보았다고 말했다. 오래 살면 한 번쯤 텔레비전에 출연하게 되는 걸까. 그런 생각을 하며 오가는 이야기를 들었다.

고맙지. 삼촌 덕에 해피를 만났으니.

나도 너무 좋지.

서로에게 좋았네.

그러니 오래 산다.

해피가 운이 좋았다.

여기도 운이 좋았지.

사람들이 한마디씩 하였고 해피는 자기 얘기를 하는 것을 아는지 이모와 남자 쪽으로 관심을 두었다. 나는 차를 마시려고 비품을 모아두는 찬장을 열어보았으나 종이컵이 떨어지고 없었다. 주머니에 손을 넣어 지갑이 있는지 확인하고 이삼 분 거리에 있는 문구점을 향해 걸었다.

문구점 앞에 뽑기 기계 열 대가 나란히 서 있었다. 어떤 것들은 두 개씩 쌓아 이층으로 되어 있었다. 나는 그것들을 물끄러미 보다가 랜덤뽑기를 해보기로 했다. 게임이나 애니메이션과 관련된 것도 있었는데 뭔지 몰라 흥미가 없었고 주무르면서 노는 과일 모양의 장난감을 뽑으려면 천원이어서 오백원짜리를 두 번 하기로 하였다. 어떤 뽑기를 할까 생각하느라고 우경에게 걸려온 전화도 받지 못했다. 뽑기 기계에 꽝은 없었다. 안심을 하고 동전을 넣고 레버를 돌렸더니 병아리 모양의 무드등이 나왔다. 나는 자리를 옮겨 가장 끝에 있던 곤충 모형 뽑기도 하였다. 메뚜기가 나왔고, 나쁘지 않다고 생각하고 있을 때 어느새 뒤에 와 있던 아이 하나가 뭐가 나왔느냐고 물었다.

메뚜기.

아, 난 잠자리 나왔으면 좋겠다.

나는 자리를 비켜주었다.

아무튼 지네만 안 나오면 돼요.

아무래도 꽝은 없으니까.

빨간 체크무늬 가방을 멘 아이가 동전을 넣고 레버를 돌렸다.

전 무당벌레예요.

그래.

아이가 자리를 뜨고 다른 아이들 몇이 다가와 게임 캐릭터를 뽑는 기계에 동전을 넣었다.

〔뭐해?〕

〔머리 자르러 왔어〕

우경과 메시지를 주고받았고 한참 볕을 쬐다 다시 미용실로 돌아왔을 때는 파마를 하던 할머니 한 분만 남아 있었다. 편안한 표정으로 이모 곁에 있던 해피는 내게 다시 알은체를 해주었다. 나는 해피와 인사를 하고 새로 사 온 종이컵의 포장을 풀어 컵을 꺼낸 다음 커피믹스 한 봉지를 뜯어 넣었다. 종이컵 바닥에 설탕이 닿는 소리가 좋았다. 커피를 마시며 몇시

인가 시계를 보았는데 시계가 거꾸로 가고 있었다.

이모, 시계가 거꾸로 가고 있어요.

알고 있어.

엄마야, 별일이 다 있네.

파마중인 할머니가 재차 시계를 보며 말했다.

젊어지고 좋지 뭐.

근데 할매는 올해로 몇 살 잡수셨어.

이모가 말았던 롯드를 빼내며 묻자 할머니가 이백 살이라
고 말하였다.

이백 살 잡수셨구나.

나는 아까 꺼냈던 플라스틱 의자를 제자리로 밀어넣었다.
구석에 비스듬히 서 있던 빗자루로 바닥에 떨어진 머리카락
들을 슬슬 쓸었다. 여러 사람의 머리카락이 부드럽게 한곳으
로 모이는 것이 좋아서 구석까지 다 쓴 뒤에도 얼른 버리지
않고 계속해서 이리저리 조금씩 위치를 이동하며 모으기를
반복했다.

7

강아지 두 마리가 환희를 향해 뛰어가 꼬리를 흔들었다.
나는 환희에게 다가가 물었다.

환희야, 너 전에 왜 태어났냐고 물어봤잖아?

네?

저는 왜 태어났을까요, 그렇게 물었던 거 기억 안 나?

제가요?

환희는 바닥에 떨어져 있던 특대형 닭 인형을 주워 던졌다.
최대한으로 팔을 들었다가 휘두르는 모습을 보았다. 털이 흰
개가 인형을 쫓아 뛰어가 물어뜯었다. 갈색 개는 닭 인형에는
관심이 없고 솜이 든 뼈다귀 모양 장난감을 좋아한다.

아줌마, 뭐 접을 줄 아세요?

응?

종이접기요.

아줌마 배랑 학 접을 줄 알아.

그럼 학 접어주세요.

나는 환희가 꺼내놓은 빨간색 색종이로 학을 접어 환희에게 주었다.

놓고 갈게요.

안 가질래?

네.

나는 종이학을 주머니에 넣었다.

장미씨는 지난주에 들러 강아지 장난감을 팔고 갔다. 환희는 팔지 못하게 된 장난감을 찾아 공터를 누볐다. 환희가 가고 나면 흠집이 많이 난 곰돌이 모양 물통이나 말랑말랑한 회색 지우개 같은 것이 그늘 아래 남아 있었다.

〔오천원 깎아드렸는데 괜찮을까요〕

〔이제 들어가세요?〕

〔네〕

〔고생하셨어요〕

〔많이 사셨고 너무 부탁하셔서 오천원 깎아드렸는데……
괜찮을까요〕

〔예, 잘하셨어요〕

퇴근 무렵 좌식 테이블과 의자를 사러 들어온 손님들이 가고서 문을 잠그고 나섰다. 다행이다……라고 생각하면서 집으로 돌아왔을 때 연립 앞 모과나무 아래 우경이 서 있었다.

머리를 많이 잘랐네.

응.

저녁은?

아직. 넌?

나도.

들어가자.

우경은 아무 말 없이 나를 따라 들어왔다.

기분이 좀 그래?

내가 묻자 우경은 고개를 끄덕였다. 그는 기분에 따라 걷는 속도가 달라지곤 했었다. 김치볶음밥 할까? 거실 불과 부엌 불을 연달아 켜면서 우경이 물었고 나는 그래, 하고 대답했다. 그가 손을 씻고 자연스럽게 냉장고에서 김치를 꺼냈다. 넓은 접시에 밥을 덜며 식혀서 볶아야 더 맛있는 것 같아, 라고 말하는 우경. 달걀이 있나, 하면서 다시 냉장고를 여는 그의 모습을 선 채로 바라보았다. 나는 우경의 뒷모습을 좋아했다. 왜인지 그의 뒷모습을 볼 때면 다른 어떤 마음도 필요 없는 상태가 되곤 했다.

우경이 분주히 움직이고 나는 주머니에서 꺼낸 종이학을 탁자 위에 올려두고 거실 창을 열었다. 밖을 내다봤는데, 아무도 지나지 않던 좁은 길가로 왕관을 쓰고 엘사 옷을 입은 아이와 엄마가 지나갔다. 엄마가 아이에게 겉옷을 입혀주려고 했으나 아이는 안 춥다며 엄마를 앞서 뛰어갔다. 너 이리 안 와? 감기 걸리면 니가 책임져! 엄만 몰라! 엄마가 소리치지만 아이는 벌써 보이지 않았다. 싱크대 문을 여닫는 소리, 도마를 꺼내고 김치를 써는 소리가 들려왔다. 프라이팬 위에서 김치를 볶는 소리가 들려왔고,

맛있는 냄새 나지?

우경이 물었다. 나는 고개를 끄덕였다. 우경이 더없이 좋다고 느낄 때마다 왜인지 그날의 우경이 천천히 떠오르곤 한다. 우리는 누구도 그날 일에 대한 이야기를 다시 꺼낸 적이 없다.

밥을 다 먹고서 우경이 말했다.

시계가 너무 천천히 움직인다.

응?

그럴 리가 없는데, 너무 천천히 가는 것 같아.

모든 시계가 똑같이 가고 있어.

그런가.

싱크대에 그릇을 넣고 물을 틀자 빨간 기름이 뜬 물이 그릇 안에 차올랐다. 작은 부엌 창을 열자 밖에서 귀뚜라미 소리가 들려왔다. 나는 귀뚜라미 소리를 들으며 설거지를 했고 어느새 옆에 선 우경이 빨간 거품이 덮인 그릇과 프라이팬을 헹궈냈다. 이거 미끄럽네. 다시 해야겠다. 우경이 말했다. 나는 한 번 헹궈진 그릇을 다시 씻었고 우경은 별말 없이 흰 거품이 덮인 그릇을 마저 헹궜다.

산책할래?

응.

얇은 카디건을 걸치고 우경과 집을 나섰다. 그가 저수지 쪽으로 방향을 틀기에 공원에 가자고 하였다. 비가 오려는지 큰 바람이 불어왔다. 우리는 자박자박 발소리를 내며 한적한 길을 걸었다. 조성된 지 오래되어 키가 크고 굵은 나무들이 가득한 공원 입구에 다다르자 우경이 멈춰 섰다. 형광등 빛처럼 밝은 가로등 근처, 나무 두 그루에 연결된 해먹 위에 모자로 얼굴을 덮은 사람이 누워 있었다. 그 사람이 틀어놓은 듯한 카세트에서 어떤 노래가 희미하게 흘러나오고 있었다. 합법인가, 불법 아닌가, 각자 혼잣말처럼 한두 마디를 내

뱉고는 잠시 멈췄던 발걸음을 다시 옮겼다. 해먹 가까이 갔을 때는 함께 조금 웃었다. 거기서 흘러나오는 노래는 우리가 처음 만났을 때 그가 듣고 있던 농구 만화의 주제가였다.

이게 어떻게 된 거지.

그러게.

어떻게 여기서 저 노래를 듣게 되지.

그러게.

웬디스버거 기억나?

응.

도레미노래방도?

그럼.

노래방 갈래?

뭐야, 하면서 웃었더니 그냥 해본 소리야, 라고 말하며 우경이 손을 잡았다. 우리는 공원 중앙에 위치한 분수대까지 걸었다. 걷는 동안 노랫소리는 점차 희미해져 이제 더는 들리지 않게 되었다.

그땐 모든 게 무섭고 싫었거든. 세상 모든 것이. 아무리 생각해도 네가 아니었다면 나는 살 수 없었을 것 같아. 그래서 다시 똑같은 실수를 하고 싶지 않거든.

무엇이 실수인가, 생각하면서 가만히 우경의 얘길 들었다.

혼자만 생각하지 말고 같이 했으면 좋겠어.

우경이 말했고 나는 고개를 끄덕이면서 서로 그만 미안해하자고 약속하던 날을 떠올렸다.

〔해인씨 뭐해요? 저 연필선인장 샀어요〕

중앙 분수대를 지나쳐 농구 골대 아래 앉아 있을 때였다. 최근 로즈마리를 구입한 장미씨가 연필선인장 사진과 함께 메시지를 보내왔다.

〔라즈베리는 결국 죽고 말았어요〕

〔로즈마리요?〕

〔아 맞다. 로즈마리요〕

연필처럼 생겨서 연필선인장이구나 생각하다가 고개를 들어 우경을 보았다. 우경이 나를 바라보며 뭐 재밌는 일 있어? 하고 물어왔다. 나는 아니라고 말한 뒤에 휴대폰을 주머니에 집어넣었다. 우리는 분수대 계단에서 일어났다. 우경은 무언가를 망설이는 것처럼 잡은 손을 아주 조금 세게 쥐었다가 놓기를 반복했다.

뭐 할말 있어?

할말?

다시 해먹 가까이 왔을 때는 노랫소리도, 누워 있던 사람도 가고 없었다.

우리도 저기 한번 올라가볼까.

그래.

나 먼저 올라가볼게.

나는 나무기둥을 잡고 점프해 해먹 위로 올라갔다. 우경과 나는 어릴 때 이 공원에서 엄지손톱만한 게를 발견한 적이 있었다. 다음날 그 얘기를 친구들에게 했을 때는 아무도 믿지 않았다. 누군가 꽃게랑이나 고래밥을 흘린 것 아니냐고 놀려댔다. 마침 신체검사 날이어서 다른 친구들까지 우리에게 자, 눈을 크게 뜨고 진심을 다해 시력검사를 하라고 조언하며 넘어갔다.

우리는 확실히 게를 보았고 심지어 아주 잠깐이지만 잡으려 들기도 했었다. 하지만 게는 순식간에 사라졌고 그뒤부터는 이 공원에 올 때마다 얼마간 게를 찾아보곤 했는데 그후로 다시 게를 본 적은 없었다. 그 작은 게를 떠올리며 하늘을 올려다봤다. 그때 봤던 게 기억나? 우경에게 묻진 않았고 그가 아직 그날을 기억하는지도 궁금했으나 묻지 않은 채로 해먹 위에 누워 밤하늘만 바라보았다. 웬디스버거나 도레미노래방을 기억하는 것 보면 당연히 기억할 거라고 생각하지만 게를 본 건 단 한 번이었으니까.

재밌어?

편안해.

하늘은 나뭇잎들에 가려 온통 어두웠고 늘 떠 있을 인공위성마저도 내가 있는 곳에선 시야에 들어오지 않았다. 별다를 것 없는, 매일 보는 풍경이었다. 우경과 함께 있을 때는 그런 생각이 많이 든다. 편안하고 편안한. 아주 오랫동안 그래왔다. 내가 해먹에서 내려온 뒤에는 우경이 올라갔다. 힘들게 자리를 잡고서는 다리를 꼬았다. 종아리 중간부터는 바깥으로 삐져나와 있었다. 나는 조금 멀찍이 앉아서 우경이 부르는 농구 만화의 주제곡을 들으며 그의 오래된 신발을 바라보았다. 우경은 농구 만화를 좋아하는 축구부였는데 왜인지 나는 그 사실이 좋았다. 프러포즈는 내가 했고 성규가 사회를 봤으며 담임선생님이 주례사를 해주었다. 우리는 같이 손을 잡고 입장했다. 그때도 그는 잡은 손을 아주 조금 세게 잡았다가 놓기를 반복했었나.

누가 제발 손수건 좀 주세요. 성규가 비 오듯 땀을 흘리고 거의 울면서 오늘이 인생 첫 사회라고 말하자 우경 역시 울면서 나도 첫 결혼이라고 말하던 것. 어쩐 일인지 물리 담당이었던 담임선생님마저 울먹거리며 이놈들아, 나도 첫 주례다, 라고 말하며 울던 장면이 떠오른다. 그후로 우경과 나를 포함한 우리는 담임선생님을 더 좋아하게 되었다. 와, 선생

님이 울기도 한다. 초중고 다 통틀어서 선생님 우는 거 처음
봐. 나도, 나도! 울기도 하신다. 선생님도 우신다는 게 왠지
좋아. 학교 다닐 때보다 지금이 더 좋아요, 선생님. 몇몇이 그
렇게 말하면 선생님은 또 우는 시늉을 해주셨고 그러면 모두
가 웃을 수 있었다.

갈까?

우경이 해먹에서 내려왔다.

우리 타임캡슐 묻었던 거 기억나?

응. 운동장에.

그때 뭐라고 썼었어?

가서 파볼까?

내 말에 우경이 웃었다. 성규의 바른 글씨체가 떠올랐다.
'난 마술사가 되어 전 세계를 돌며 공연을 할 것이다.'

모기도 있고 좀 추운 것 같아.

우경이 말했고 나는 조금 앞서 걷는 우경을 따라갔다.

이거 걸칠래?

카디건을 벗어 그에게 내밀었다.

너도 춥잖아.

아니, 난 괜찮아.

아냐, 너 추워.

나 진짜 괜찮은데.

추워.

전혀 안 추운데, 난.

우경이 다시 조금 앞서 큰길가 쪽으로 걸었다. 왜인지는 모르겠다. 몸 여기저기를 긁다가 열을 내려는지 손바닥으로 반대편 팔뚝을 비벼가며 걸었다. 얼마간 더 걸어 큰길가에 다다랐을 때 검은 옷을 입은 사람들이 모여 있는 게 보였다. 우리는 영문을 알 수 없는 채로 팔차선 횡단보도에 서서 보행 신호를 기다렸다. 어두운 밤, 건너편 성당 입구를 눈부시게 밝은 조명들이 비추고 있었고 장비를 실은 듯 보이는 트럭과 연예인들이 많이 타는 차들이 줄지어 주차되어 있었다.

뭐 찍나보다.

그러게.

신호가 바뀌었지만 우리는 건너지 않았다. 그렇다고 다른 쪽으로 가지도 않고 그렇게 횡단보도 앞에서 몇 번 신호가 바뀌는 것을 바라보던 중 사람들이 움직이는 것을 보았다. 어림잡아도 오십 명에서 백 명은 되어 보이는 사람들이 우르르 성당을 향해 올라갔다. 우리는 말없이 다음 신호에 길을 건넜다. 늘어선 차의 앞 유리에 촬영중인 드라마의 제목이 쓰여 있었다. 요즘 인기 있는 드라마였고 몇몇 사람들이 나와 구경을 하는 듯 보였다. 나는 그 드라마를 챙겨보지는 않았지만 대강의 줄거리나 나오는 배우들은 알고 있었다. 나는 드라마에 나오는 배우들에 대해 이야기했다.

오, 〈전원일기〉만 보는 줄 알았는데.

우경이 말했다.

성당에서 어떤 장면을 찍으려나.

드라마에서 성당이면 결혼하는 거 아닌가.

이 밤에 결혼을 하나.

아 참, 그러네.

난 실제로 배우를 본 적이 한 번도 없어.

난 있어. 그때는 배우가 아니었지만.

응?

우리 학교 남재호라고 기억나? 걔가 배우가 되었대.

우리는 성당 입구에서 조금 서성였다. 잠시 후 밴에서 내린 배우들은 한참 동안 스태프들과 이야기를 나누다가 누군가의 신호를 받고 성당으로 올라갔다.

와, 대박! 완전 좋다.

누가 좋아?

모두가!

근처에 선 아이들이 어른들의 손을 잡고 말했고 나는 성당을 향해 올라간 배우들의 뒷모습이 사라질 때까지 바라보았다. 몰려든 사람들은 배우들이 전부 올라가고 나서도 얼마간 했던 말을 반복하며 그 자리를 맴돌았다. 앞서 걷기 시작하는 우경의 뒷모습을 바라보았다. 계속 바라보다보면 무언가를 알게 되지 않을까. 그런 생각을 했고 점점 차가워지는 밤공기를 느끼면서 걸었다. 드라마 촬영현장을 지나자 거짓말처럼 인적이 드물어졌다.

그때 정말 좋았거든.

응?

너 다시 만났을 때.

아.

우리 우연히 마주쳤던 날.

어, 미용실에서.

다시는 못 볼 줄 알았거든.

……

좋아 보여서 좋았어.

십 년인가 십오 년간 우리가 같이 다닌 미용실의 디자이너는 그에게 원빈처럼 자르는 건 불가능하다며 그러려면 더 수련이 필요하다고 말하고 있었다. 우리가 베트남에서 그애를 잃고 한국으로 돌아와 모든 일상을 잃어버렸을 때 가장 가까이

에서 밥을 먹여주던 사람. 나는 우경과 헤어지고 오랫동안 그
곳에 가지 못했었다. 달라 보였어, 라고 우경이 다시 말했다.

　나는 옆에 선 우경을 바라보았다.

　할말 있으면 해.

　송부장님한테 전화가 왔어.

　응.

　베트남에서 같이 일하면 어떻겠냐고.

　그렇구나.

8

외발자전거를 타는 꿈을 꾸었다. 매장 공터에서였다. 아이들과 함께 자전거를 탔는데 해리는 염색도 안 하고 길게 기른 머리카락을 기부해 짧아진 머리칼을 휘날리며 첫 주자로 나섰고 나머지 아이들과 나는 다음 차례를 기다리며 순서를 정하기 위한 게임을 시작했다. 야, 너 일부러 져준 거지. 환희가 준수에게 말했고 준수는 아니라고 하였다. 일찌감치 이긴 뒤에 환희와 준수가 나누는 대화를 듣고 있던 해인이가 아유, 심심하다 하기에 땅에 그림을 그릴 막대기를 찾아다주었다. 넷 중 하나가 나와 이름이 같았다. 이 아이들은 어째서 전부 외발자전거를 탈 줄 아는 걸까 생각했고 주인을 잃고 해동중고 매장과 근처 코다릿집을 오가던 강아지 두 마리는 죽은 나무 아래에서 배를 내놓고 낮잠을 자는 중이었다. 웬 외발자전거인가 싶었지만 출근하는 마을버스 안에서도, 일을 하는 와중에도 문득문득 꿈속 장면들이 떠올랐다. 마을버스는 이번 달까지만 운행될 예정이었다.

무거웠겠다.

이 정도는 문제 없어요.

잘 먹을게.

네, 지금이 제일 맛있는 거예요.

환희가 마당에서 따왔다며 대추가 가득 담긴 바구니를 내려놓았을 때 사장님은 그네를 만들고 있었다. 한데 모여 있는 자재들로 충분할 것 같다고 했다. 환희가 네 개를 만드나요? 했더니 이놈아 대추는 고맙다만 그네 네 개를 어떻게 만드냐, 하나도 겨우 만든다, 하였고 그러자 환희가 그럼 내 건가, 하였다.

사실 처음이라 자신이 없다.

잘하실 거예요.

허, 참.

잘하셔야 해요. 안 그러면 저 죽어요.

허허, 참.

개학을 하고 준수와 해인이와 해리는 학원을 다니느라 평일에 여기 오는 일이 없어졌는데 환희는 할머니와 할아버지가 농사일로 가장 바쁜 시기여서 오히려 해가 질 때까지 여기 있는 경우가 많아졌다. 일을 하다가 종종 공터를 내려다보면 수확중인 밭 사이를 걸어다니거나 그늘 아래에서 숙제를 하다가 주섬주섬 가방을 챙겨 집으로 돌아가는 뒷모습을 볼 수 있었다.

강아지들 주인을 찾았지 뭐예요.

코다리 식당 사장님이 찾아와 소식을 전했다. 며칠 강아지가 시름시름 앓기에 동물병원에 데려갔다가 혹시 몰라 칩 검사를 하였더니 주인이 있었다는 것이다.

연락을 해보았나요?

네, 병원비랑 사룟값을 주겠다면서 키워달라고 하대요.

허, 참.

사장님은 하던 일을 멈추고 곰곰이 생각에 잠긴 듯하였다.

이름이 뭐래요?

환희가 물었고

우리가 지어주자.

사장님의 말에 환희가 해인이! 라고 하고서 집을 향해 내달렸다.

음, 자기 친구 해인이를 말한 거겠죠.

사장님이 말했다. 코다리 식당 사장님은 환희가 가져온 대추를 깨물어 먹으며 내게 이름이 해인이냐 물어왔다. 그렇다고 하자 예쁜 이름이네요, 하면서 낮은 능선이 이어진 너머를 바라다보았다. 가을바람이라고밖에 설명할 수 없는 바람이 불어왔다.

장미씨가 옆 상가 사층에 위치한 독서실에서 일을 하게 된 뒤로 종종 그곳에 가는 일이 있었다. 장미씨는 해동중고에서 구입한 깔깔이를 입고 데스크를 지켰고 점심으로는 김밥을 자주 먹었다. 김밥은 직접 싸오는 것인데, 참기름 양념을 한 밥에 아무거나 넣고 말면 되어서 이만한 것이 없다고 했다. 너무 오래 간병을 해서 제대로 일을 해본 적이 없어요. 무슨 일을 좋아하는지, 하고 싶은지 알아가고 있어요. 주차장 자판기 앞에서 장미씨가 믹스커피를 마시며 말했고 그곳에서 아주 오랜만에 성규를 마주했다.

성규는 상가 주차장 구석에 자전거를 세워두곤 했다. 주차장엔 늘 한자리를 차지하고 있는 빈 의자들이 있었다. 가죽은 이미 오래전에 다 벗겨지고 없었고 뼈대도 낡을 대로 낡아 있었으나 종종 모자 쓴 노인들이 거기 앉아 있었다. 그럴 때마다 나는 예전에 우경과 함께 살던 집의 주인 할머니와 할아버지를 떠올리고는 했다. 전화번호는 저장되어 있었지만 그렇다고 이쪽에서도 저쪽에서도 전화를 거는 일은 없었다. 그렇게 되는 것이 당연하지 싶으면서도 안면을 익히며 살아온 시간을 떠올리면 아무래도 전화를 걸어보고 싶다는 마음이 들었다. 다만 그립다는 것인가, 그리운 것은 어쩌면 고마운 것과 닮아 있구나 생각했다. 어떤 결정이든 마음이 편안할 때 하는 게 좋지요. 할머니와 할아버지는 직접 담근 고추장과 된장을 건네주곤 했다.

주차장의 나란한 의자는 처음에는 하나였으나 어느새 세 개로 늘어났다. 누군가 내다버린 건지 누군가 내다버린 것을 주워다 둔 것인지는 알 수 없었다. 구석에 폐자재를 갖다버리는 사람들이 종종 있었다. 아무튼 각각 생김새는 다르지만 오래되었다는 공통점이 있는 의자들이 이제는 그곳에 자리하고 있다. 맨 끝 의자에 앉아 그날따라 유난하게 들려오던 새소리를 듣고 있었다. 보이지는 않았지만 처음엔 쩍쩍, 들려오던 것이 쩍쩍쩍쩍, 또 그러다 쩍쩍쩍쩍쩍쩍쩍쩍 겹쳐 들려오는 걸 보면 여러 마리가 대화라도 하는 듯했는데 뒤이어 어디서 맑은 종소리가 들려왔다. 나는 처음에 그마저 새소리인 줄 알고 있다가 성규가 자전거 벨을 울리며 주차장으로 들어서는 것을 보았다. 성규의 자전거가 가까이 다가올수

록 속도를 줄이며 내는 소리에 마음이 고요해졌다. 성규 역시 차분한 얼굴로 자전거에서 내려왔다.

여기 있었네.

안녕.

참…… 안녕이란 말이 참 새삼스럽네.

성규가 한 칸 건너 의자에 앉으며 말했다. 무거워 보이는 검은색 가방은 우리 사이 의자에 두었다. 성규는 주차장 맞은편 건물의 담벼락에 시선을 두고 왜인지 안녕이라는 말은 오랜만에 들어봤다며 자꾸만 안녕 안녕 하였다. 건물 옆으로는 사층 건물보다 더 높이 자란 은행나무가 서 있었다.

왜 여기 있었어.

그냥.

성규가 고개를 끄덕이며 일어나 가방을 멨다.

전화번호.

하면서 성규가 휴대폰을 내밀었다. 나는 거기에 내 전화번호를 입력했고 성규는 통화 버튼을 누르며 독서실을 향해 걸어갔다. 나는 내 휴대폰에 성규의 전화번호가 떠 있다가 사라지는 것과 성규의 뒷모습이 사라지는 것을 바라보았다.

율무차 한 잔을 뽑고 보니 자판기 옆에 모자 하나가 떨어져 있었다. 머리 둘레를 조절할 수 있는 플라스틱 스트랩을 고무줄로 고정시켜놓은 모자였다. 주인이 있을까 싶어 모자를 주워 빈 의자에 올려두었다. 간간이 사람들이 오갔으나 들어오는 차는 없었다. 한 명이나 두 명씩 조용조용한 말소리들이 다가왔다가 멀어져갔다. 새들은 여전히 지저귀고 있었다. 언제부터인지 맨 구석에서 그 자리를 지키고 있는 차만 한 대 있었다. 커피를 다 마신 장미씨는 피곤해 보였고 오늘도 잠을 잘 못 잤느냐고 물었더니 요즘 도통 잠을 잘 못 잔다는 대답이 돌아왔다.

무엇을 좋아하나요.

오늘은 아무것도요.

밥은 먹었나요.

아니요.

무엇을 먹겠나요.

꽈배기?

장미씨는 독서실을 오래 비울 수 없어 내가 꽈배기 가게에 가기로 했다. 나는 설탕을 묻힌 꽈배기를 샀다. 가는 길에 신도시 모델하우스에서 나온 사람들이 사은품이 든 종이가방을 여러 개씩 들고 정류장에 선 사람들에게 홍보를 하는 것을 보았다. 한 사람이 내게 다가와 종이가방을 쥐여주며 사모님, 여기 진짜 마지막 기회예요, 하기에 저는 못 사요, 하고 계속 걸었다. 나는 장미씨에게 성규 몫까지의 꽈배기를 건네고 매장으로 돌아와 사장님과 꽈배기를 나눠먹었다. 매장으로 가는 길에 언뜻 보니 빈 의자 세 개는 나란히 있었고 올려 두었던 모자는 없었다.

9

성규가 새벽안개를 들이마시며 와, 이거 맛있네, 라고 말
하였다. 야, 너도 나처럼 해봐, 라며 눈을 감고 크게 숨쉬기를
반복하며 걸었다.

가만있어보자. 안개가 몸에 나쁜가?

응?

뿌옇잖아.

뿌연 것은 몸에 나쁜가?

상관없나?

아무튼.

촉촉하니 상쾌하다.

성규와 걷는 길 오른쪽으로 쭉 늘어선 버드나무들이 저멀

리 비탈까지 가득했다. 잠이 오지 않아 성규와 새벽길을 걸었다. 적당히 젖은 흙이 밟기 좋았다.

해인아, 구름 속에 있다고 생각해.

성규가 말했고,

아니지, 진짜 구름 속인 거지.

라고 덧붙였다. 어쩌지 난 영 되질 않는데, 했더니

그렇게 생각이 안 된다면 그만둬.

식품 공장들과 반듯한 논을 지나면 강의 하류였다. 일요일이었지만 이른 시간부터 트럭 몇 대가 공장으로 들어갔다. 성규와 나는 트럭이 지나갈 때 길을 비켜주면서 강을 따라 걸었다.

〔이따 볼 수 있어?〕

우경으로부터 메시지가 와 있었다. 성규와 나는 두 시간 넘게 걸어와 강가를 따라 쳐 있는 철조망 앞에 다다랐다. 해가 떠 있었다. 근처 밭 주인의 것으로 보이는 농막이 있었고 농막 옆으로는 벤치가 있었다. 여길 오려고 한 건 아닌데 걷다보니 와 있었다. 가끔 차로만 지나치던, 강 너머로는 다른 도시가 있는 곳이었다. 밤에 보면 강 너머 건물 조명 빛이 여기까지 닿아 있곤 했다. 벤치에 앉으니 철조망 너머로 흐르는 강을 코앞에서 볼 수 있었다. 성규가 가방에서 막걸리 한 병을 꺼냈다. 아침 햇살, 아침 햇살. 성규가 막걸리와 떠오르는 해를 가리키며 말했다. 성규의 커다란 검은 가방 안에는 막걸리 두 병과 두꺼운 책들이 들어 있었다. 컵은 없다며 성규가 막걸리 한 병을 건넸다. 마침 배가 고파왔으므로 안주도 없이 막걸리를 마셨다.

성격도 급하지.

성규가 가방에서 김치전이 담긴 통을 꺼내 뚜껑을 열었다.

넌 말은 좀 없는 편이지만 성격은 급해.

컵도 없고, 젓가락도 없지만 막걸리랑 김치전만 있으면 되는 거 아니냐고 하였다. 새벽 네시 반에 일어난 성규의 아버지가 부쳤다는 김치전을 먹었다. 햇살이 따뜻했고 왜인지 종일 걸을 수 있을 것만 같은 기분이었다. 불어난 강물이 빠르게 흐르는 것을 하염없이 바라보며 와, 진짜 빠르다, 왜 저렇게 빨라, 봐봐, 엄청 빨라, 하고 있을 때 멀리서 오토바이 소리가 들려왔다.

거기서 뭐하는 거요!

밭 주인인 것 같았다.

아침식사를 하고 있습니다.

성규가 말했다.

아침을 왜 남의 집에서 먹냐고!

아, 선생님 벤치인가요.

이 사람들 뭐 훔친 거 아녀!

아, 아니에요! 앉기만 했어요!

밭 주인이 혀를 끌끌 차며 가란 뜻으로 손을 휘휘 저었다. 성규와 나는 기름이 묻은 손을 어쩌지 못하고 엉거주춤 일어나는 시늉을 하였다.

휴지 있어?

없지. 컵도 젓가락도 휴지도 없어.

일단 가자.

우리는 각자 옷에 기름이 묻은 손을 대충 닦고 막걸리병을 들고 일어났다. 죄송합니다! 주인의 뒤에 대고 외치고는 술을 마시며 왔던 길을 되돌아 걷기 시작했다.

존나 웃기네.

성규는 껄껄 웃었다.

성규야.

어.

평범하게 살고 싶다며.

어.

성규는 마술을 그만둔 뒤로 집에서 키우게 된 비둘기에 대한 이야기를 들려주었고 세 시간을 걸어 보건소 앞에서 헤어졌다. 아직 정오도 되지 않은 시각이었다. 헤어지기 전엔 텅 빈 보건소 주차장에 앉아 잠시 쉬었는데 성규는 아, 그 벤치에 모자를 두고 왔네, 하며 성질을 냈다.

거기 다시 갈 일은 없을 것 같은데.

성규는 그렇게 말하고 일어나 독서실로 갔다. 나는 손을 씻고 싶었으나 보건소 문은 닫혀 있었다. 얼마간 보건소 앞에 주저앉아 있을 때, 다시 헤어지기는 싫다고 우경이 메시지를 보내왔다. 나는 성규의 모자가 있는 곳을 향해 걷기 시작했다.

10

여기서 진짜 보게 될 줄은 몰랐어요, 하면서 버스에서 내린 유진씨가 내 쪽으로 걸어왔다. 오래전 한 모임에서 만난 유진씨와는 대화중 우연히 고향이 같다는 걸 알게 되어 한창 이곳 얘기를 나눈 적이 있었다. 집안일로 온 김에 성묘를 하려 한다는 유진씨와 환희네 집을 지났다. 파란 지붕 아래로 다정한 마당이 들여다보였다. 익어가는 포도나무 옆 늘어선 장독대 위에는 각기 다르게 생긴 마을 고양이들이 올라앉아 있다가 순식간에 사라졌다. 아침부터 곧 비가 내릴 듯이 무거운 하늘이었고 여름답지 않게 서늘한 기운을 풍기는 날이었지만 아직 비는 내리지 않고 있었다. 환희 할머니가 낮은 담 너머로 우리에게 말을 건넸다.

오늘은 날이 이래서 아무것도 못해. 어디 간대요?

이 너머 산에요. 할머니 산소.

금방 비 올 텐데.

괜찮을 것 같아요.

비 떨어지면 국수나 말아 먹어야지.

네. 맛있게 드세요.

환희의 할머니는 고개를 끄덕이면서도 연신 하늘을 바라
보며 걱정되는 듯한 눈빛을 보내왔다.

우산은 있어요.

비 쏟아지면 흙이 미끄러울 건데.

조심할게요.

할머니는 얼른 가라며 손을 내저었다. 유진씨와 나는 산
입구를 향해 걸었다. 입구까지의 길은 얼마 전 포장되어 걷
는 데 어려움이 없었다.

성묘도 성묘인데, 이런 날 저런 마당에서 잔치국수 먹으면
얼마나 맛있을까요.

유진씨가 말했다.

유진씨 할머니의 산소에는 꽃대가 긴 흰 꽃들이 돋아나 있
었다.

발로 해도 된대요.

발로요?

네, 된대요.

근래 몇 차례 내린 비로 군데군데 흙이 조금 허물어져 있었으므로 우리는 손과 발로 무덤을 다듬었다.

어떻게 지냈어요?

그냥 평범하게 지냈어요.

어려운 거네요.

뭐가요?

평범하게 지내는 것.

유진씨는요?

저도 그런 편이에요.

좋네요.

유진씨가 생화 다발의 위치를 바꿔보며 웃었다.

유진씨의 할머니는 사십 년 넘게 시장 골목에서 신발 가게를 운영하셨는데 늘 주판으로 계산을 하셨다고 했다. 계산기보다 빨랐지요. 유진씨가 말했고 아, 그러고 보니 초등학교에 들어가기 전 자기가 성냥을 갖고 놀다가 가게에 불을 낸 적이 있다고 말하며 놀란 눈이 되었다.

지금 생각해보니 엄청난 일이었네요. 완전히 홀라당 태워먹었거든요.

와.

다행히 다친 사람은 없었어요.

유진씨는 고개를 끄덕이며 그때를 떠올리는 듯했다. 습한 기운을 머금은 무거운 바람이 한바탕 불고 지나갔다. 바람에 날린 나뭇잎 몇 개가 다리에 달라붙었다. 우리는 달라붙은 나뭇잎들을 그대로 두었고 꽃대가 긴 흰 꽃을 뽑아 한쪽에 쌓았다.

할머니 돌아가시고 쭉 그 가게를 비워두었어요.

계속요?

아무도 안 한다고 해서.

네.

그래서 제가 하려고요.

유진씨가요?

네, 고민이 정말 많았는데 해고를 당하게 되었어요.

해고요?

네, 그래서 결정할 수 있었지요.

유진씨는 근처에 버려져 있던 빛바랜 플라스틱 의자에 앉았다. 부서질까 염려하며 엉거주춤 앉고서는 괜찮은지 내게도 오라고 손짓했다. 나는 유진씨의 옆에 앉았다. 유진씨 건 파란색, 내가 앉은 의자는 빨간색이었다. 우리는 손등으로 땀을 닦으며 아무데나 바라보았다.

이제 주판을 배워야겠어요.

유진씨의 말에 내가 웃자 유진씨가 고개를 젖혀 하늘을 보았다. 적자면 어떡하죠? 하늘에 대고 묻기에 그래도 하고 싶나요, 했더니 그런데도 하고 싶다는 대답이 돌아왔다.

이제부터 거기 가서 신발 살게요.

오, 정말인가요?

정말이에요.

어쩐지 안심……이라고 유진씨가 말했다.

좋은 걸 많이 들여놔줘요.

그건 자신 있어요.

자신 있다 싶으면 걱정이 피어오르고 걱정이 커진다 싶으면 자신이 생기더라고 말하며 유진씨가 의자에서 일어났다. 유진씨가 일어나자마자 의자 다리 두 개가 부러졌다. 와우! 유진씨가 눈을 크게 뜨며 뒷걸음질을 쳤다.

살았네요!

네, 살았어요.

내려오는 길가에 여기도 무덤이, 하면서 보았더니 강아지풀이 언덕 위에 동그란 군락을 이루고 있었다. 유진씨와 나는 어디선가 나타난 개 한 마리를 따라 산길을 내려왔다. 우

산을 두고 왔다는 것은 다 내려와서 깨달았는데 다시 올라가
진 않았다.

환희는 포도나무 옆에 놓인 의자에 앉아 몸을 흔들거나 나
무를 툭툭 치면서 노래를 부르다가 우리를 발견하곤 손을 높
이 들어 알은체를 했다. 왜 놀러 나가지 않았느냐고 물었더
니 해인이와 싸웠다는 대답이 돌아왔다. 환희의 할머니는 마
당 한쪽 가마솥에서 물을 끓이고 있었다. 국수를 삶을 거라
며 먹고 가라고 했는데, 유진씨가 머뭇거렸다. 두 손바닥을
내보이며 전 빈손인데 초면에 밥을 얻어먹나요, 하기에 국수
는 괜찮지 않나, 하면서도 나도 어쩔 줄을 몰랐다.

해인씨, 여기서 가까운 슈퍼가 얼마나 걸리나요?

한 십오 분이요?

그래요?

네, 그럼 뭐 배달되는 거 없나요?

여기까지는 도넛 가게 한 곳만 배달이 와요.

도넛 좋죠.

유진씨가 도넛을 주문하는 동안 할머니가 끓는 물에 국수를
넣었다. 가마솥 안에서 국수가 하얗게 솟아오르는 모습을 보
았다. 습하긴 한데 이상하게 시원하네요, 유진씨가 말했고 우
리는 마당에 앉아 국수를 먹었다. 묵은지를 얹어가며 먹었더

니 몇 번 젓가락질을 하지도 않았는데 금세 그릇을 비우고 말 았다.

다 먹었을 무렵 도착한 도넛을 놓고 나오는데 할머니가 호 박잎을 많이 땄다며 손에 들려주었다. 호박잎은 거절 못한다 며 유진씨가 봉지를 받아들었고 한입 가득 도넛을 베어문 환 희가 초코 크림을 입가에 묻힌 채로 내게 다가와 가게에 가 느냐고 물었다. 쉬는 날이지만 버스 타러 가는 길이니까 갈 수는 있는데 왜 그러느냐고 묻자 공터에 친구들이 있는지 봐 달라고, 내일 말해달라고 했다. 나는 알겠다고 하였다.

무슨 얘기예요?

매장까지 걸어오는 길에 유진씨가 묻기에 공터 사인방에 대한 이야기를 짤막하게 해주었다. 길게 난 길 양옆으로 벼 들이 한창 자라고 있었다. 유진씨는 이런 장면은 오랜만에 본다며 휴대폰을 꺼내 사진 몇 장을 찍었다. 허수아비가······ 밀짚모자를 쓴 농부의 모습이 아니라 거의 좀비 수준이네요! 꿈에 나올까 무서워요. 나는 그런가, 생각하며 조금 웃었다.

〔아니나 다를까 꿈에 나왔어요〕

〔좀비 허수아비들이요?〕

〔네. 그들이요〕

〔어떻게 나왔나요〕

〔같이 놀았어요〕

〔뭐하면서 놀았나요〕

〔넓은 공터에서 같이 술 마시고 노래했어요〕

〔어땠어요?〕

〔엄청 재밌었어요〕

〔말도 안 돼요〕

〔좀비들이 휴대폰이 있더라고요. 전화번호도 주고받고 친구가 됐어요〕

유진씨의 문자메시지에 잠에서 깼다. 그러고 보니 나도 꿈을 꾼 것 같았다. 나는 한때 꿈이 아니라 현실이었던 그 꿈을 기억해내려 눈을 뜨고도 한참을 그대로 누워 있었다.

이제 일어나야겠다고 생각했을 때 내년에는 복숭아를 같이 따러 가자는 메시지가 도착했다. 〔멀지 않아요. 세 시간 반〕 세 시간 반쯤 가는데 어떠냐고 묻는 것도 좋지만 멀지 않다고 말해주는 것도 좋다고 생각했다. 이부자리를 정리하고 거실로 나갔다. 엄마는 건강주스를 만들어 먹고서 헛구역질을 하고 있었다. 나는 숨을 참으면서 테이블에 놓인 내 몫의 주스를 마셨다. 남들처럼 텔레비전에서 본 방법을 메모해두었다가 장을 보고, 맛은 없지만 몸에 좋다는 주스를 만들어

먹고, 누군가와 복숭아를 따러 가자는 약속을 하면서 일상을 보내고 있다. 혼자서는 어려웠겠지. 정말 어려웠을 것이라고, 어쩌면 불가능했을지도 모른다고 생각하며 두 사람 몫의 건강주스를 만들어 집을 나섰다. 버스 정류장 근방에서는 울퉁불퉁한 모양으로 위험해 보였던 보도블록을 해체하고 있었다.

공터에서 짐을 내린 뒤에는 잠시 매장 안에서 찬바람을 쐬었다. 사장님과 후배는 오늘 새벽부터 움직였기 때문에 평소보다 일찍 마칠 것 같다고 하였다.

숨을 참고 드시면 좀 나아요.

내가 말하자

그 정도인가요.

사장님이 물었고

전 맛있는데요.

사장님 후배가 말했다. 사장님이 한 예능프로 얘길 꺼내며 어제 보았느냐고 물었다. 종종 보는 프로그램이어서 전에도 얘길 한 적이 있었는데 나는 보지 못했고 후배는 다 마신 종이컵을 내려놓으며 보았다고 대답했다. 컵 가장자리에 초록 띠가 남아 있었다.

울었지?

어우, 네.

그 프로가 슬플 일이 있나요?

어우, 네. 어제 한 명이 마지막 방송이었어요.

나도 울었다.

사장님이 말했다.

그게 되게 슬프더라고요.

사장님이 내게 말하곤 컵을 들고 계단을 내려갔다.

아마 많이들 울었을 거예요.

후배도 컵을 들고 사장님을 따라 내려가며 말했다.

잘되어서 그만둔다고 하니까 좋지만 아무래도 슬픈 거야.

전 저희 아버지 돌아가셨을 때보다 더 울었어요.

이 양반아.

두 사람의 목소리가 멀어지고 얼마 지나지 않아 코다리 식당 사장님이 찾아왔다. 식당 사장님은 털이 하얀 몰티즈 한 마리를 안고 들어와 혹시 이 개 본 적 있느냐고 물어왔다.

종종 들르는 개예요.

이를 어쩐다.

식당 사장님이 매장에서 나가고 나는 계단을 뛰어내려가 공터를 둘러봤다. 사장님은 호스를 든 채 세척 작업에 한창이었다. 멀리서 책가방을 멘 환희가 기다란 풀을 들고 걸어오는 것을 보았고 나는 매장으로 돌아와 하던 일을 마저 했다.

환희가 아래층에 전시된 사무용 의자에 앉아 아줌마는 몇 살이냐고 물었다. 나는 이백 살이라고 대답했다. 환희는 매장을 둘러보며 의자를 빙그르르 돌렸다. 나는 그 와중에 그건 판매용 의자이니 일어나라고 말했고 환희는 순순히 일어나 나를 따라 올라왔다.

어제 애들 왔었어요?

안 온 것 같아.

흐음.

무슨 일이 있었어?

그건 말하기가 조금……

그래.

해리는 엄청엄청 부자예요. 그리고 준수는요, 학원을 좀 많이 다니고 음, 애가 여려요.

준수가 너보다 어려?

아뇨, 여리다구요.

나는 또 고개를 끄덕였고 환희는 더 할말이 없는 것 같았으나 왜인지 가지 않고 매장 안을 돌아다녔다. 달리 방해는 되지 않아 그대로 두었으나 위험할 수도 있고 아무래도 신경이 쓰여 물건은 만지지 않을 수 있지, 라고 물었더니 몸을 똑바로 세워 경례를 하듯 오른손을 이마에 갖다댔다.

여러 날 아이들은 오지 않았고 퇴근 무렵 우경이 찾아왔다. 늦더위가 시작되어 일곱시가 지나도록 삼십오 도가 넘는 날이었다. 더 외곽으로 나가면 민물매운탕이니 장어니 하는 것들을 파는 식당들이 줄지어 문을 열어두고 있었지만 날이 너무 더워 간단히 먹기로 했다. 시내로 나가기엔 배가 너무 고프다고 해서 환희네 집 근처에 있는 치킨집에 가기로 했다. 매장 공터에 차를 주차해두고 걸어가려 했을 때 사장님이 창고 안에 세워진 자전거를 끌고 나오며 타고 가라고 했다.

오래된 거지만 문제없어요. 잘 달립니다.

나는 우경의 뒤에 앉아 그의 티셔츠를 잡았다. 자전거는 이미 고요해진 마을길을 달렸다. 품이 큰 체크셔츠를 입은 한 노인이 자전거를 타고 우리를 지나쳐갔다. 나는 처음에는 우경의 등만 바라보고 있다가 얼마간 지난 뒤부터는 그의 뒤통수를, 그다음엔 멀리 해 지는 마을 풍경을 바라보았다.

치킨집 앞에 자전거를 주차하고 안으로 들어갔다. 가게 안엔 우리 말곤 아무도 없었으나 계속해서 배달 주문 전화가 왔다. 가게는 부부 둘이 운영하고 있었는데, 아저씨가 홀 서빙을, 아주머니가 배달을 담당하고 있었다. 치킨이 나오길 기다리면서 나만 병맥주 한 병을 마셨다. 자전거를 배우고 싶다고 생각하고 있을 때 우경이 자전거를 배워보지 않겠느냐고 물어왔다. 나는 외발자전거를 타는 꿈 이야기를 했고 뜨거운 치킨을 불어가며 케첩을 뿌린 양배추와 먹었다.

치킨 맛이 뭔가 다르다.

무도 맛있고.

어릴 적에 먹던 맛 같다고 이야기하며 두 조각쯤 먹었을 때 아저씨가 다가와 정말 죄송한데 너무 급한 일이 생겨서 지금 가게 문을 닫아야 할 것 같다고 말했다. 다급한 표정이어서 더 묻지 않고 자리에서 일어났다. 아저씨가 남은 치킨을 빠르게 포장해주었다.

조금 걸을까?

그래.

우리집에 가서 먹자.

그래.

자고 갈래?

나는 고개를 끄덕였고

저렇게 큰 개구리가 있다니!

자전거를 끌고 가던 우경이 놀라며 멈춰 섰다. 농수로에 커다란 개구리 한 마리가 엎드려 있었다. 가까이 고개를 숙여보니 환희의 개구리 장난감이었다. 주워주고 싶었으나 애매하게 위험해 보였다. 망설이다가 그냥 가기로 해놓고도 몇 번을 뒤돌아보게 되었다. 차를 세워둔 매장에 거의 다 왔을 무렵 고요한 풍경 속에 들릴락 말락 한 작고 낯선 소리가 더해져 뒤를 돌아보았더니 작고 하얀 개 한 마리가 있었다. 코다리 식당에 자주 나타난다던 개였다.

우리를 따라왔나봐.

우리가 아니라 치킨을 따라온 것 같아.

걸음을 멈추자 하얀 개가 치킨이 담긴 봉투에 코를 가져다 댔다.

주면 안 되겠지.

안 되겠지.

구도심에서 조금 비켜나 있는 우경의 집으로 가는 길에 그 집이 언제 지어졌는지 얘기가 나왔다. 둘 다 기억이 가물가물했으나 이십 년쯤 되었다는 것에 동의했다. 고등학교 때부터 살았으니 그쯤 될 것이었다. 편의점에서 캔맥주를 사들고 우경의 집으로 올라갔다.

선풍기 리모컨이랑 회사 보조열쇠, 그리고 설탕을 잃어버렸어.

문을 열고 집으로 들어서며 우경이 말했다.

설탕이 떨어지기 전에 분명히 미리 사두었는데 사라지고 없는 거야.

우경은 믹스커피를 마실 때 설탕을 조금 더 넣는 습관이 있었다. 사온 것들을 내려두고 손을 씻으며 그렇게 세 가지가 없어졌다고 다시 말했다. 그것들은 일주일 전쯤 사라졌고 하루에 한 번씩 시간을 들여 다시 찾아봐도 없는데, 이 좁은 곳에서 없어지기도 힘든 거라 도통 이해가 안 된다는 것이었다. 나는 우경이 이인용 식탁에 치킨을 꺼내놓는 동안 그가 리모컨과 열쇠와 설탕을 둘 만한 곳을 여기저기 살펴보았다.

없네.

없어.

어디 갔지.

내가 둘 만한 곳 말고 네 생각에 있을 만한 곳도 봐줄래?

옷장엔 없겠지.

옷장?

우경이 웃었고 나는 식탁으로 돌아왔다.

해줄 수 있는 게 별로 없어서.

아무것도 안 해줘도 돼.

식은 치킨은 또 식은 치킨 나름대로 맛있다고 말하며 맥주를 마시고 치킨을 먹었다. 나는 기름이 묻은 손을 씻고 다시 우경과 마주앉았다. 식탁 유리 아래에 우리가 베트남에서 찍은 사진이 있었다. 나는 그 사진을 좀 바라보다가 맥주 캔에서 흘러내리는 물방울을 닦던 휴지로 사진을 가렸다.

회사 열쇠는 어쩌면 회사에 있을 수도 있겠다고 하자 우경이 고개를 끄덕였다. 리모컨과 설탕을 찾기 위해 몸을 숙여 침대 밑이며 책상 밑, 혹시나 하면서 옷장까지 살펴보았으나 아무것도 찾을 수 없었다. 한참 그의 방을 수색하다가 돌아왔을 때까지 우경은 팔꿈치를 식탁에 괴고 기름이 묻은 손을 손바닥이 위로 향하도록 둔 채 그대로 앉아 있었다.

불편하지 않아?

불편한 마음보다 귀찮은 마음이 더 큰가보다, 그런 생각을 하며 물었을 때, 사실 꽤 불편한 자세지만 귀찮아서 말이야, 라고 우경이 말했다.

그런데 해인아.

응.

나는 천장을 향한 채 손가락 사이사이를 한껏 벌린 그의 왼손을 바라보았다.

우루과이는 한국의 정반대편으로, 그런 지점을 대척점이라고 하는데, 정확히 말하자면 우루과이 남동 해상이래.

우리는 그해 여름, 베트남의 바닷가 바에서 맥주를 마시며 그런 이야기를 하고 있었다. 본섬에서 조금 떨어진 한적한 마을이었다. 가만히 멈춰 있는 그의 손바닥을 바라보며 그해 여름을 떠올리고 있을 때 휴대폰이 울렸다.

〔무궁화의 개화 시기는?〕

성규의 메시지에 답장하지 못하고 다시 휴대폰을 내려놓았다. 나는 우경과 마주앉은 채로 얼굴은 마주하지 못하는 중이었다. 얼마간의 시간이 흐른 뒤에 우경이 다시 해인아, 하고 불렀을 때에야 그를 바라보고 싶지 않다는 것을 알게 되었다.

우리 같이 가자.

우경의 말에 나는 말없이 남은 맥주를 마셨다.

우경은 일어나 싱크대에서 손을 씻었다. 잃어버린 리모컨이라든지 열쇠라든지 설탕이 어디에 있을까. 열쇠는 회사에 있을 수도 있고 설탕은 안 샀는데 사두었다고 착각한 것일 수도 있었으나 선풍기 리모컨은 잃어버렸을 리가 없었다. 다른 건 몰라도 그건 이 집안에 있어야 했다. 나는 우경이 모아둔 폐건전지함에 든 건전지의 수를 헤아려보았다. 우경은 작은 식탁 위에 있던 남은 치킨과 접시들과 포크를 치웠다. 그리고 냉장고에서 캔맥주를 꺼내와 두 잔에 나눠 따랐다. 하얀 거품이 넘쳐 잔을 타고 흘렀고 맥주는 십 분의 일쯤이었으려나, 나머지는 전부 거품이었다. 나는 어디선가 나타난 초파리 한 마리를 눈으로 좇고 있었다. 초파리는 빠르게 사라졌다가도 자꾸만 다시 내 눈앞에 나타났다.

가득찼던 거품이 흔적만 남기고 가라앉았다. 나는 다시 잔을 채웠다. 우경은 냉동실에서 호두며 아몬드를 꺼내왔고 우리는 마주앉아 차갑고 딱딱한 것들을 먹었다.

감기에 걸릴 것 같다.

응? 괜찮아?

아니, 감기에 걸릴 것 같아.

11

　토요일 저녁에는 장미씨와 시장 안쪽에 있는 '오형제 손짜
장'이라는 중국음식점에 갔다. 안쪽에 자리를 잡고 짜장면과
탕수육을 주문했다. 잠시 후에 직원이 단무지와 양파를 가져
다주었다. 장미씨가 작은 고량주를 한 병만 하겠느냐고 묻기
에 그러겠다고 대답했다.

　여기 보면 오형제가 다 있는 것 같진 않거든요.

　오형제요.

　네.

　여긴 일단 배달은 하지 않으니까.

　네, 배달은 안 하고요. 저기 통유리로 되어 있는 공간에서
수타면만 만드는 사람, 주방에 한 사람, 카운터에 한 사람, 서

빙을 하는 사람까지만 해도 벌써 넷이고요.

장미씨는 고개를 돌려 주방 안을 유심히 보았다.

주방에 두 사람이 있네요.

그럼 이제 다섯은 되었는데, 형제가 아닐 수도 있지 않을까요.

오형제나 되는데 이렇게 사이좋게 같이 일하는 거라면.

좋을 것 같아요.

형제가 아니더라도 아무튼 사이가 좋으면 좋고요.

사람들하고 사이좋게 지내라고 어릴 때부터 배웠는데요, 그게 참…… 쉽지가 않더라고요.

그게 제일 어렵더라며 장미씨는 큰 고량주를 주문하였다. 우리는 투명한 소스가 뿌려진 탕수육과 짜장면과 함께 그것을 마셨다.

해인씨는 여기 오기 전에 어디 살았었나요.

여기저기 살았어요.

여기저기요.

네.

저는 이곳에서만 살았어요. 다른 곳에서 오래 산 사람의 이야기를 듣고 싶어요.

사람 사는 게 다 비슷하지 않나요.

그런가요.

아닌가요.

장미씨는 작은 잔에 담긴 고량주를 마시고 젓가락을 쥐며
고개를 끄덕였다. 우리는 투명하고 찐득한 소스가 뿌려진 당
근을 동시에 집었다. 사선으로 썰린 납작한 당근이었다. 나
는 당근을 내려놓으며 잘 모르겠네요, 하고는 입을 다물고
짜장면을 먹었다. 소리를 내지 않고 젓가락으로 돌돌 말아
한입에 넣어 꼭꼭 씹었다. 가게 앞을 지나던 성규가 들어와
앉았을 때는 남은 음식이 별로 없었다.

우리는 중국집에서 나와 우리의 나이와 비슷한 나이의 상
점들을 지났다. 우체국 근처에 오래된 닭갈빗집이 있었다.
식당 안쪽엔 좌식 테이블이 있었고 입구 쪽으론 입식 테이블
이 있었다. 우리는 자연스럽게 맨 구석 자리에 앉았다. 셋 다
구석 자리를 좋아했다. 어릴 때를 생각해봐도 여러 명이 모
였을 때엔 늘 성규와 마주보고 앉게 되곤 했다. 나는 이쪽 구
석, 성규는 맞은편 구석…… 장미씨까지 구석 자리에 앉아
닭갈비와 소주와 사이다를 주문했다. 검은색 가방은 옷 여섯
벌을 걸 수 있는 나무로 된 옷걸이 아래에 놓았다.

야채 먼저 드세요.

커다랗고 둥그런 철판에 나무주걱이 꽂힌 채로 반쯤 익은

닭갈비가 나왔다. 술과 사이다를 따르고 잔에 가득찼던 기포가 내려앉는 것을 보았다. 테이블 위에는 상추와 깻잎과 고추, 단무지와 김치, 마카로니 샐러드가 있었다. 건배 같은 것 없이 각자 술을 마시면서 야채를 먼저 먹었고 그뒤로는 몇번, 익어가는 닭갈비 위에서 건배를 했다. 성규는 공무원 시험 준비를 시작하고 처음 마시는 술이라고 하였다. 우리는 닭갈비가 타지 않도록 번갈아 나무주걱으로 철판을 뒤적였다. 성규가 내가 주걱을 들었을 때 깻잎을 손으로 찢어 철판 위에 뿌렸다. 고구마가 으깨지지 않도록 주의했더니 으깨져도 맛있다고, 편하게 하자고 하였다. 나는 손가락만한 고구마 조각 두 개를 으깼다.

여기서 진짜 춘천에 가는 거 말이야. 그게 왜 그렇게 어려운 일일까. 막히지만 않는다면 두 시간이면 가는데.

가게 안엔 우리 말고도 반주를 하는 테이블이 둘 있었다. 다들 둘이나 셋씩이었고 크지 않은 목소리로 이야기를 나누는 중이어서 서로의 이야기가 섞여 어느 하나 크게 들리거나 하지는 않았다.

갈 수 있는데 안 가는 거랑 갈 수가 없는 건 너무 다르네.

갈 수 있는데 안 가는 거라고 생각이 되질 않는다.

아니니까.

아니니까, 라고 반복하면서 성규는 닭갈비 조각을 집어 깻잎장아찌에 싸먹었다. 아우 짜, 하면서도 맛있다는 얘길 반복하였다.

고향의 맛, 이라며 성규는 입대 전 상황과 춘천에서의 군 시절 이야기, 그로부터 십 년 가까이가 지나서야 다시 춘천엘 갔던 이야기를 꺼내놓았다. 여름이었고, 로 시작하는 가족여행 이야기였다.

여름이었고, 그날의 가족여행은 처음이자 마지막이 되었는데 물론 그때는 몰랐어요. 모를 수밖에 없죠. 미리 알 수 있는 건 하나도 없으니까. 처음이라는 건 알았어도 마지막이 될 줄은, 그러니까 그때는 몰랐고…… 여름이었고…… 원래는 강릉에 가려고 했었거든요. 산책도 아니고 여행이라 함은 왜인지 바다를 좀 봐줘야 하지 않겠어요? 그땐 저한테 차가 있었어요. 마술 도구와 비둘기를 싣고 다녔고 아무튼 차가 있었으니 가려면 어디든 갈 수 있었어요. 숙소로는 호텔을 예약했는데 그렇게 비싼 곳은 아니었지만 아무튼 나로서는 삼십 년 만, 부모님은 육십 년 만에 처음으로 호텔이란 곳엘 가보게 된 거예요.

아침에 근처 빵집에서 빵하고 우유를 사서 부모님과 함께 차에 올라탔는데 한 시간쯤 지났을까, 벌써 허리가 아프신지 바로 앉아 있질 못하고 몸을 자꾸 움직이셨어요. 차를 오래 타기 힘드시다는 건 알고 있었지만 진짜로는 몰랐기 때문에 저는 조금만 참으시라고 곧 도착한다고 하면서 운전을 계속 했거든요. 곧 도착이 아니었지요. 아픈 거 뻔히 알면서, 아니 몰랐던 것 같아요. 몰랐고, 내가 아픈 게 아니니까 강릉 여행을 시켜드린다는 사실에 심취해서는 꼭 강릉엘 가야겠더라고요. 휴게소에 들렀다가 다시 출발했는데 어머니가 모자를 잃어버렸다는 걸 알았어요. 강릉에 가면 새 모자를 사드린다고 말했습니다. 모자 정도야, 라고 생각했어요. 아버지는 아무 말이 없으셨고, 신나게 고속도로를 달리고 있는데 어디서 훌쩍이는 소리가 나지 않겠어요?

혹시.

어머니가 울고 계셨습니다.

아니 왜요.

아끼는 모자였어요? 차를 돌릴까요? 하고 물었더니 아니, 아무것도 아니라고 고개를 저으셨는데.

저으셨는데.

네, 일단 고개는 저으셨는데 계속 우시더라고요. 아무래도 엄청 아끼는 모자인가보다, 생각했거든요. 전 사실 아침부터 쓰고 있었을 그 모자의 생김새도 잘 기억이 안 났지만.

모자라는 것은 소중하지요.

네, 모자라는 건……

모자 두 개, 아니 세 개 사드릴게요.

아니야, 하나면 돼.

세 개 사드릴게요.

하나를 잃어버렸으니 하나면 된다고 이 새끼야…… 하시고는 또 훌쩍이는 소리가 나기에 모자가 뭐라고 이렇게 좋은 날 왜 자꾸 우세요, 했더니

좋아서.

라고 말한 뒤엔 마음을 놓고 우셨습니다.

그러니까 결국 좋아서, 라고 어머니는 말하고 말았고 그때까지 영 말이 없으시던 아버지가 성규야, 그럼 나도 모자를 하나 사줘라, 하시고 나서야 울음을 그치셨는데.

성규는 울지는 않았고 눈알이 새빨개져서는 그렁그렁 눈물만 달고 있었다. 성규 앞으로 맥주 회사 로고가 새겨진 음료수 잔을 밀어두자 성규가 사이다를 마셨다. 나는 성규의 낯선 눈을 바라보며 술을 한잔 마셨다.

성규의 어머니는 사 년 전에 돌아가셨다. 형제나 친척이 없어 친구들이 장례를 도왔다. 성규는 내 잔에 술을 따르며

오늘 뉴스를 잠깐 보았는데 강원도에 폭설이 내렸다고 말했다. 여긴 이렇게 날이 좋고 모두가 수확중인데 거긴 폭설이 내렸다는 게 도통 믿기질 않더라고 하였다. 우리는 휴대폰으로 포털사이트에 접속해 그 뉴스를 같이 보았다. 보고도 믿기지가 않는 것은 왜인가 하며 술을 마셨다.

그사이 닭갈비가 타버릴 지경이 되어 가스불을 껐다. 추가한 당면은 철판의 바닥에 달라붙어 먹을 수가 없게 되었다. 우리는 고추를 쌈장에 찍어먹다가 벽에 등을 기댔다. 아 좋다, 하면서 장미씨와 성규는 바깥쪽 테이블과 유리문 밖으로 비치는 풍경을 멀뚱히 바라보았다. 풍경이라고 해봐야 간간이 지나는 차들과 이차선 도로와 육차선 도로 사이에 조성된 나무들뿐이었지만 그게 또 그렇지가 않다면서 좋아하는 당면을 앞에 두고도 태워가며 보는 풍경이니까, 덧붙였다.

밥 볶으실 거예요?

카운터에 앉아 있던 사장님이 물었고

네.

하나?

두 개요. 라고 대답하였다.

나는 스무 살 무렵 성규에게 한 스포츠 브랜드의 남색 모자를 선물받은 적이 있었는데 성규는 기억하지 못하는 것 같

았다. 잊고 살고 있었는데 자꾸만 모자 모자, 하니까 결국 생
각이 나는구나. 볶음밥을 안주로 술을 한 병 더 마셨다. 이상
하지만 조금 다행이라고 생각하였다.

　어머니가 돌아가시고 왜인지 일을 열심히 하게 됐습니다.
공연이 없을 때엔 닥치는 대로 다른 일을 해서 돈을 모았어
요. 뭔가 해주지 못한 게 너무 많아서 그런 미안한 마음을 씻
고 싶었는데, 말하자면 좋은 사람이 되고 싶었습니다. 일을
더 열심히 하면 좋은 사람이 될 줄 알았어요. 다른 방법은 없
다고 생각했고 그래서 정말 열심히 했습니다. 한집에 살면
서 아버지랑 마주치기도 어려울 정도로 집에선 잠만 자고 또
일을 하러 나가고요. 술도 끊고 자연스럽게 친구도 안 만나
고 정말 일만 열심히 했고…… 일을 열심히 했다는 말을 몇
번을 더 반복해도 모자랄 만큼 최선을 다했어요. 더 많은 시
간을 일하면 평범하게 살 수 있지 않을까 싶었습니다. 몇 년
을 그렇게 달려오다가 어느 날 야근을 마치고 퇴근하는데 아
니, 여기가 어디지? 집까지 가는 길이 너무 먼 거예요. 그날
따라 그 길이 왜 그렇게 길었는지 노래를 부르며 아무리 걸
어도 도대체 집이 가까워지질 않더군요. 집이, 너무…… 친
구들은 모두 자리를 잡은 지 오래였고 저는 태어나서 처음으
로 아버지에게 저를 데리러 나와달라고 전화를 걸면서 이야

기는 끝이 납니다.

가게에서 나와서는 무성한 나무들 아래 오래된 나무벤치
를 지났다. 도로에 근접한 벤치는 오랜 시간 쌓인 먼지와 새
똥들로 지저분해 보였는데 두 사람이 앉아 담배를 피우고 있
었다. 우리는 저수지 쪽으로 걸었다.

그날 겨우 집에 도착해서 씻다가 문득 거울을 봤는데 내
얼굴이 조금 이상해 보였습니다. 아버지, 제 얼굴이 좀 이상
하지 않나요. 모르겠는데. 제대로 보지도 않으시고선. 그러
자 아버지는 제 얼굴 가까이로 다가오셨어요. 한참을 보고는
결국 그러셨습니다. 조금 이상하다, 야. 지금은 제 얼굴이 어
떨지 모르겠어요.

장미씨와 나는 걸음을 멈추고 골똘히 성규의 얼굴을 보았다.

괜찮은 것 같아.

괜찮은 것 같아요.

내 생각에도 그래.

다행이네요.

다행이다.

다시 걸음을 옮겼을 때 정류장에 선 버스에서 두 사람이
내렸다. 좀 뛰자. 뛸 수 있겠어? 들고 뛸 만한 무게가 아냐,

엄마. 그런 대화를 나눴다. 내 허리 정도 오는 키의 남자아이와 엄마는 모두 커다란 짐을 들고 있었다. 엄마는 경보를 하듯 걸어 아이보다 앞서 걷다가 멈춰서 아이를 기다렸다. 가까워진 두 사람은 같이 걷기 시작했다. 성규에게 여기서 독서실로 돌아갈 건지 조금 더 걸을 건지 물었더니 독서실로 가겠다고 했다. 성규의 뒷모습이 멀어지고 완전히 시야에서 사라지는 것을 보았다.

12

장미씨는 데스크를 지키고 있었다. 전화로 상담을 하는 중이어서 눈인사를 한 뒤 한쪽 벽에 기대서 있었다. 네, 그럼 한번 들러주세요. 전화를 끊은 장미씨가 자리에서 일어났다.

오, 정말 오랜만이에요.

잘 있었나요?

그럭저럭이요.

저도요.

제가 요즘 가장 많이 쓰는 단어는 바로 모자예요.

모자요?

모자는 없지만 모자라는 단어를 가장 많이 써요.

그렇군요.

우리는 목소리를 낮추고 오랜만의 인사를 나누었다. 시계를 확인한 장미씨가 삼십 분 후에 사장님이 오실 거라고 말했다. 데스크의 작은 화분 하나가 눈에 띄었다.

로즈마리네요.

맞아요. 가끔 손으로 살짝 훑으면 기분이 정말 좋아요.

저도 한번……

어서 해보세요.

나는 로즈마리 가까이로 손바닥을 가져갔다.

너무 좋네요.

너무 좋죠?

장미씨가 속삭이듯 말했고 나는 잠깐 밖에 나가 있겠다고 하였다. 그동안 관리가 잘 되어온 듯, 오래되었지만 깨끗한 곳이다. 지하에는 이발소와 교회에서 모임 장소로 사용하는 공간이 있었고 일층에는 빵집과 편의점, 산악회 사무실, 미용실, 이층엔 기원과 당구장이 있었고 삼층은 공실이었으며 사층이 독서실이었다. 나는 얼마간 그 자리에 서서 돌아가지 않는 이발소 간판을 바라보았다. 지하로 내려가는 계단에 담배꽁초 몇 개와 콜라캔 하나, 파란색 음료가 조금 남은 플라스틱 컵이 떨어져 있었다. 이발소 옆 공간만이 오래전부터 비어 있던 듯 글자가 잔뜩 쓰인 종이들과 물이 반쯤 담긴 생수통이 바닥을 뒹굴고 있었고 넘어진 의자 위로는 뽀얗게 먼지가 쌓여 있었다. 비어 있는 곳들은 꼭 여기가 비어 있다고 온몸으로 말하는 듯 엉망이 되어 있곤 했다. 나는 유리벽에 이마를 맞대고 그 공간을 오래 바라보았다. 다시 계단을 올라올 때는 쓰레기를 주워 왔고 마땅히 버릴 데가 없어 독서실 휴지통에 버리고 손을 씻었다.

가족이 모두 해외에 있어서 여기 사람들이 장례를 도와주었어요.

따뜻한 커피를 한 모금 마신 장미씨가 조용히 잔을 내려놓으며 말했다.

여기 상가 앞에서 쓰러지셨거든요.

장미씨와 내가 카페로 들어설 때 손님들이 나간 뒤로 카페 안엔 우리밖에 없었고 카페 주인은 쌓여 있던 택배 박스를 뜯고 있었다.

왜인지 자주 보고 싶은 해인씨.

왜요.

요즘에 취미가 하나 생겼는데요.

네, 어떤 것이죠.

막 뛰는 것이에요.

뛰어요?

네, 전에는 걷는 건 좋았지만 뛰는 건 싫었거든요. 땀나는 것도 싫고 그래서 여름도 좋아하지 않았고요.

네.

그런데 변한 것이지요.

나는 얼음을 넣은 오미자차를 한 모금 마시고 고개를 끄덕였다.

해인씨, 오늘 뭐 신었어요?

하면서 장미씨가 테이블 아래로 고개를 숙여 내 신발을 보았다.

단화네요.

네.

뛸 수 있나요?

뛰어요?

네, 그냥 막 뛰는 거예요.

사실 저도 걷는 건 좋아하는데 뛰는 건 싫어해요. 땀나는 것도 싫고 그래서 여름도 좋아하지 않고요.

앗, 이런……

또 제 가방이 무겁진 않지만 그렇다고 가볍지도 않거든요.

그렇군요.

그런데 같이 뛰어볼까 해요.

정말요?

목적지는 버스 정류장으로 정했다. 한갓진 길이었지만 전용 트랙은 아니니 조금씩만 뛰기로 했다. 그 버스 정류장의 한편은 집으로 가는 길이었고 다른편은 장미씨의 아버지가 마지막을 보낸 병원 방향이었다.

가다가 저수지에서 한 번 쉴 수 있어요.

좋아요. 가요.

잠깐만요! 선물이 있어요.

선물이요?

나는 가방에서 쥐포를 꺼내 장미씨에게 내밀었다.

진짜 생선으로 만든 비싼 쥐포네요.

쥐포 좋아하나요.

그럼요, 지금 주세요.

무거우니까 이따 드릴게요.

장미씨는 아니라면서 가방에 쥐포를 넣었다.

가방에 책이랑 쥐포가 있었네요?

책과 쥐포.

네. 책과 쥐포.

우리는 남은 음료를 마저 마시고 가방을 멨다. 다 마신 잔을 들고 카운터를 향해 걸어갈 때 주인은 이제야 박스 정리를 마친 듯 숙였던 허리를 펴고 일어났다. 우리가 나올 때 한 무리의 사람들이 카페로 들어갔다. 구름으로 가득해 어둑했던 하늘은 왜인지 밝아져 있었다. 가방을 메고 뛰려니 쉽지 않았지만 되는대로 뛰었다.

티셔츠를 당겨 얼굴에 흐른 땀을 닦고 벤치에 앉았다. 저수지의 수위는 평소보다 높아져 있었고 주변은 낙엽과 풀냄새로 가득했다. 장미씨가 여기 이런 데가 다 있었느냐고 묻고 주위를 둘러보기에 나도 그렇게 했다. 간간이 불어오던 바람도 멈춰 그야말로 고요한 풍경이었다.

목이 너무 마른데 가방엔 쥐포뿐이에요.

미안해요.

장미씨의 이마 아래로 대충 닦아냈던 땀이 다시 흐르고 있었다.

시원한 맥주랑 쥐포가 너무 먹고 싶네요.

사올까요.

저수지 건너편에 소나무 한 그루가 있었다. 우리는 소나무 끝에 걸린 노을을 바라보며 앉았다. 노을빛은 고요하게 저수지를 비추고 있었다.

아버지에게 자신의 삶이 얼마 남지 않았다는 얘길 들은 뒤로는 종종 저 자신을 걱정하고는 했어요.

나는 발밑을 지나는 개미들을 눈으로 좇으며 고개를 끄덕였다.

아버지를 볼 때는 제 걱정을 하고 집에 돌아와 혼자 있을 땐 아버지 걱정을 하는 식.

한참을 골똘히 생각하던 장미씨가 손등으로 이마를 꾹꾹 눌러보며 말했다. 그러곤 이제 땀이 다 식은 것 같다며 벤치에서 일어났다. 다음에는 쥐포와 책 없이 뛰기로 이야기가 되었다.

걸어갈 때는 내가 조금 앞섰다. 별다른 말 없이 우동집 앞에 다다랐다. 우동을 먹겠냐고 하였더니 그러고 싶다는 대답이 돌아왔다. 작은 이인용 테이블 아래에 가방을 내려두고 앉아 물 두 잔을 연거푸 마셨을 때 화장실에 다녀온 장미씨가 맞은편에 앉았다. 장미씨가 물을 마시는 동안 메뉴판을 보았다. 우동을 먹고 싶어서 들어와도 막상 가게 안을 맴도는 짜장냄새를 맡으면 짜장면을 시키게 되는 우동집이라는 말을 들은 장미씨가 짧게 웃은 뒤에 우동을 주문했고 나는 짜장면과 만두를 주문했다.

여기 소주 한 병 주세요.

장미씨와 나는 동시에 술을 주문했다. 주문을 하고 얼마 지나지 않아 뜨끈한 음식들이 차례로 테이블에 놓였다. 교복을 입은 학생 여덟 명이 들어오자 작은 가게 안이 금세 꽉 찼다. 짜장면 여덟 개요. 야, 난 우동 먹을 거야. 그냥 다 짜장면 먹어! 우동 먹을 사람 손 들어요! 주인의 말에 학생 두 명이 저요! 하면서 손을 들었다. 장미씨의 어깨 뒤로 주인이 바쁘게 면을 삶는 모습이 보였고 짜장면 여덟 개를 주문했던 학생이 일어나 단무지와 김치를 담아 테이블로 가져갔다.

실은 그게 두번째 로즈마리거든요.

두번째요?

네, 첫번째로 산 로즈마리는 왜인지 금방 죽었어요. 물 주기랑 통풍이랑 아무튼 열심히 했거든요. 로즈마리 키우기도 검색해서 열심히요. 잎이 말라 보일 땐 사실 겉으로만 그렇게 보이는 거지 오히려 물을 많이 줘서일 수도 있다는 글도 봤고요. 그래서 겉으로 보이는 걸로 판단하지 말자, 그런 다짐까지 했을 땐 제가 정말 잘 키울 것만 같았어요. 커지면 분갈이도 해줘야지 하면서 베란다에 있는 화분 중에 하나 골라 두기도 했고요.

그런데요?

역시나 잎 한두 개가 마르기 시작하더라고요. 옳거니, 나는 알고 있지, 나는 이게 실은 물을 조금만 달란 뜻이라는 걸 알고 있지 하면서 물 양을 열심히 조절했고요. 그래서 나머지는 다 잘 살 거라고 생각했어요.

아니었군요.

네, 점점 더 많이 그렇게 되었어요. 결국 한 뿌리를 뽑아버렸는데 일주일 있다가 또 한 뿌리도 그렇게 되었고요. 작은 화분이어서 네다섯 뿌리 정도 되었는데 그렇게 또 얼마간 지난 후에는 마지막 뿌리까지 죽더라고요. 그 마지막 뿌리를.

네.

그 마지막 뿌리를 버리지 않고 그냥 뒀거든요.

네.

미안하고 미안해서 그러다 이제 버려야지 하고 버렸는데.

버렸는데.

버리고 나서 우연히 얼굴을 만지는데 로즈마리향이 나더라고요.

와.

신기하죠.

네, 정말이에요?

정말이에요.

그것도 아주 진하게 나더라며 장미씨는 그때 맡았던 향이 떠올랐다는 듯 고개를 끄덕였다. 로즈마리 이야기를 들으며 오 분쯤, 십 분쯤 지났을까 식사를 마친 학생들이 우르르 가게를 나갔고 주인이 테이블을 정리했다. 장미씨와 나는 따뜻해서 맛있네요, 하면서 술과 주문한 음식들을 먹었다.

아쉬운 마음이 들어 근처 슈퍼로 자리를 옮겼다. 슈퍼 앞 너른 공터엔 가장자리를 둘러싸고 잡초가 무성하게 자라 있었다. 저수지 방향 한편엔 타이어가 쌓여 있었고 그 옆으로 트럭 두 대와 세발자전거 한 대가 서 있었다. 차 열 대는 족히 댈 수 있을 만큼 넓은 곳이었는데 막상 파라솔이 있는 테이블 두 개와 간소한 지붕을 얹은 평상 하나가 전부였다. 우리는 슈퍼 입구에서 가장 가까운 파라솔에 자리를 잡았다. 두 사람이 슈퍼 벽에 기대 서서 캔커피를 마시고 있었다.

장미씨가 자꾸만 쥐포를 만지작거리기에 그건 구워야 하니까 못 먹지 않을까요, 하였더니 아쉬운 표정을 지으며 테이블 위에 내려놓았다. 보기라도 할래요. 꿩 대신 닭, 하면서 바삭한 쥐포맛 과자를 안주 삼아 맥주 한 캔을 다 마셨을 땐 달이 떠 있었다. 캔커피를 마시던 두 사람이 트럭을 몰고 떠나자 공터엔 장미씨와 나, 그리고 평상 아래 자리잡은 고양이 두 마리가 전부였다.

자기 걱정을 하는 건 나쁜 걸까요.

아니요.

나쁘지 않나요.

나쁘지 않은데요.

나쁜 것 같아요.

진짜 안 나쁜데요.

장미씨가 캔맥주를 사러 다시 슈퍼에 간 동안 근처 인도의 가로등 불빛을 바라보았다. 불빛 아래로 커다란 모자를 쓴 할머니가 지나갔고 도란도란 대화를 나누는 사람 여럿이 지나갔다. 장미씨가 맥주를 사와서 다시 앉았을 땐 가족으로 보이는 어른과 아이 둘이 슈퍼로 들어갔다. 나는 장미씨가 내려놓은 캔맥주를 따서 장미씨 앞으로 밀어두었다. 장미씨가 캔맥주를 부딪쳐왔다. 어디선가 탁, 획 하는 소리가 들려오기에 고개를 돌려보니 깜깜한 와중에 두 사람이 배드민턴을 치고 있었다.

이제부터 하는 얘기는 지금까지 한 얘기보다 더 별게 아닌 얘기지만.

네.

한번은 이런 적이 있었어요. 코감기에 걸린 후였는데요, 몇 번 코피를 쏟고 난 뒤여서인지 안쪽에 딱지가 생겼더라고요. 세수를 하며 그걸 떼어냈는데 몇 시간이면 또 얇은 딱지가 생겼어요.

나으려고.

네, 나으려고 그랬나본데 전 그걸 못 참고 또 떼어내고 말았어요. 하루만 참아보자, 했지만 몇 시간 지나면 또 딱지가 생겼는지 확인해보고 떼어내고, 또 확인해보고 떼어내고요.

장미씨는 다 마신 맥주캔을 손바닥 위에 뒤집어 보였다. 맥주 한 방울이, 그리고 잠시 후에 또 한 방울이 장미씨의 손바닥 위에 떨어졌다.

겨우 이만큼 됐으려나? 나중에는 이 정도도 안 될 만큼의 피만 비쳤는데도 저는 하루에도 수십 번씩, 계속해서 딱지를 떼어냈어요. 저만 알아볼 수 있을 정도로 왼쪽 코가 부은 채 세 달을 보냈어요.

세 달 동안 계속 그랬나요?

네, 멈출 수가 없었어요. 한심하죠?

아니요.

부드러운 저녁 바람이 한차례 우리 곁을 스치고 지나갔다.

코뿐만 아니라 입안에 상처가 났을 때도 그랬어요. 계속 혀로 상처를 건드렸죠. 역시 몇 달 그랬을 거예요. 그리고, 그러니까 귀도 팠거든요. 귀는 심지어……

장미씨는 입술을 꾹 다물고 빈 맥주캔을 찌그러뜨렸다. 저 왜 계속 이상한 얘기 하고 있죠? 그렇게 말한 뒤엔 혼자서 고개를 젓더니 내 맥주캔을 가져가 찌그러뜨린 다음 쥐포 과자의 봉지를 접고 후후, 입으로 바람을 불어 테이블에 떨어진 부스러기를 땅으로 떨어뜨렸다.

몇 년을 팠군요.

어떻게 알았죠.

힘들었겠다.

피가 난 뒤에 굳은 작은 딱지를 떼어내고 나면 또 파고 또 떼어내고 또 파고. 이 년 정도 그랬던 것 같아요.

이 년이나요?

네. 그걸 건드리지 않으면 안 아픈데 왜 자꾸 건드렸을까, 그게 궁금해요. 떼어낼 땐 시원하지만 금세 다시 아플 거란 걸 아는데요.

알지만 그게 잘.

네, 잘 안 되는 정도가 아니라 전혀 되지 않았어요.

장미씨의 마음을 넘겨짚고 싶지 않아 불현듯 떠오르는 생각들을 경계하려 별다른 대꾸를 하지 못하고 있을 때 장미씨가 일어섰다. 나는 장미씨가 주섬주섬 챙긴 맥주캔을 받아 좀전에 두 사람이 커피를 마시던 곳 근처 분리수거함에 넣고 앉아 있던 파라솔로 돌아왔다. 간간이 지나는 차들의 불빛이 잠깐씩 장미씨의 얼굴을 비쳤다.

해인씨, 몸이 안 좋나요.

네?

표정이 안 좋아 보여서요.

괜찮아요.

갈까요?

네, 다음에 또 맛있는 거 먹어요.

뭐 먹을까요.

안 먹어본 것.

오, 좋아요.

예를 들면.

예를 들면 능이버섯, 시카고피자…… 먹어봤나요?

아니요.

좋네요.

그때까지 밥 잘 챙겨요.

네, 해인씨도요.

버스 정류장에 데려다주기 위해 건널목을 건넜다. 장미씨
가 앞문으로 버스에 올라탈 때 뒷문으로 한 사람이 내렸다.
버스는 장미씨가 자리에 앉기 전에 출발했다. 장미씨는 급히
손잡이를 잡으면서도 나를 향해 손을 흔들었다. 나도 재빨
리 손을 들어 장미씨를 향해 흔들었다. 집을 향해 걷는 동안
엔 할머니 한 분이 계속해서 내 뒤를 따라 걸었다. 뒤에서 규

칙적으로 들려오는 가볍고 조용한 발소리와 간혹 멈춰 서서 숨을 고르는 소리를 들으며 집까지 걸었는데 그럴 때면 나도 모르게 조금씩 발걸음이 느려지곤 했다.

13

장미씨에게 준 쥐포는 진해에서 사온 것이었다. 유진씨가 진해 생활을 정리하기 전에 꼭 한번 들르겠다는 약속이 있었다. 유진씨는 말도 없이 기차표까지 예매해서 전해주었다. 서울역에서 기차를 기다리며 주먹밥을 사 먹었다. 몇몇 사람들이 계단에 앉아 비슷한 모습으로 주먹밥이나 도넛을 커피와 함께 먹고 있었다.

창가 쪽 좌석에 앉아 잠시 눈을 감았다가 뜬 뒤로는 창밖만 바라보았다. 내 기준으로는 오래 지나지 않아 몇 사람과 함께 기차역을 빠져나왔다. 눈앞엔 한갓져 보이는 넓은 주차장이 있었다. 유진씨가 마중을 나와 있었다.

여기예요!

유진씨는 축구 심판처럼 팔을 들어 귀에 붙이고 소리쳤다. 나는 유진씨가 있는 쪽으로 조금 뛰면서 팔을 든 유진씨 뒤로 노을이 지는 것을 보았다. 운전을 하는 유진씨의 옆모습을 조수석에서 바라봤다.

유진씨, 여기 너무 좋네요.

오느라 고생했지요?

아뇨. 금방이던데요.

멀지만 따뜻한 곳이에요.

그런 것 같아요.

유진씨는 말없이 옅은 미소를 보였다. 우리는 경화역 인근에 위치한 국숫집에 도착했다. 가게 앞에 주차를 하고 식당 안으로 들어갔다. 통유리로 된 창 밖으로 어둑한 풍경이 흐르고 있었다. 유진씨는 잔치국수를, 나는 방앗잎이 올라간 장어국수를 주문했고 음식을 기다리는 동안 우경으로부터 퇴근길 도로 위인데 왜인지 보고 싶네, 라는 메시지가 왔다. 식당은 국수를 먹는 손님들로 가득차 있었다. 장어국수 한 그릇을 다 비워냈다. 술 생각이 난다고 하였더니 조금만 참으세요, 집에 술상이 차려져 있어요, 유진씨가 말했다.

곧게 뻗은 기찻길 너머 유진씨의 집을 향해 출발했다. 먼 도시의 가을 풍경이 낯설어 놀라던 중이었다.

식물들이 다르네요, 유진씨.

다르지요?

네, 외국 같아요.

외국 어디요?

플로리다.

플로리다에는 가본 적이 없었으나 아무데나 나오는 대로 말을 했다. 유진씨는 계속 여기 살 때는 모르겠더니 가끔 올라가면 알겠더라고 말했다. 유진씨의 집까지 가는 동안 적당하게 소화가 되었다. 빨간 지붕을 얹은 집안에서는 유진씨의 취향을 고스란히 느낄 수 있었다. 새것은 없었으나 모든 것이 군더더기 없이 산뜻하고 간결한 모양새였다.

회는 굉장한 곳에서 떠왔고, 이건 제가 끓여봤어요.

돼지고기가 잔뜩 들어간 김치찜이었다. 우리는 차례로 손을 씻고 모서리가 매끈하게 처리된 사각 상에 앉았다. 유진씨가 방석을 꺼내려 다시 일어섰을 땐 같이 일어나 방석을 내왔다. 안 쓰는 천을 조각조각 이어붙여 직접 만든 방석이었다. 천으로 뭔가를 만드는 것은 한때 유진씨의 취미였다. 이쪽 지방에서만 판다는 소주를 한 잔씩 따르고 건배를 했다. 김치찜에 들어간 김치는 이곳 친구의 고모가 한 것이라고 한다. 한 번도 본 적 없는 사람이 정성 들여 담근 김치로 만든 음식을 먹는다. 채소와 양념이었던 것들이 누군가로 인해 김치가 되고 그것을 내가 썹어서 그 음식이 내 몸으로 들어온다는 것. 이상했고 이상하지만 맛있는 것. 멀리 떨어진 곳에 있는 사람이 해준 음식을 먹을 때 드는 묘한 기분이 좋았다.

이상한 생각을 하고 있지요?

정말 맛있다는 생각.

유진씨 말로는 친구의 고모가 한때 식당을 하셨다고 했다.

식당 안 하실 수 없는 맛이지요?

네.

나는 전혀 모르는 사이지만 유진씨와는 가까운 사람의 소식을 들으며 열심히 먹고 마셨다.

그런가 하면 저는 깨를 보면 해인씨 생각이 나곤 했어요.

유진씨가 간장에 찍은 회 한 점을 입안에 넣고 말했다.

저뿐만 아니라 사람들은 모두 깨를 자주 보잖아요.

깨요?

잊었나요.

무엇을요?

해인씨가 반년 넘게 집엘 들르지 않아 무슨 일이 있나 싶어 해인씨가 사는 집으로 어머니가 찾아오셨을 때였어요. 제

122

가 계약 기간 때문에 잠시 해인씨 방에 신세를 지고 있었을 때였지요. 오지 않는 데엔 이유가 있다, 해인씨가 오지 않는 것이라면 엄마가 오는 것도 싫어할 수 있겠다 싶어서 몇 달을 고민한 후에 오신 것이었지요. 아니나 다를까 역시 해인씨는 몹시 지치고 힘들어 보이더래요. 그냥 지친 것도 슬프지만 무슨 일이라도 있나 싶었는데 차마 묻지는 못했고요.

그랬나요.

네, 빨래는 쌓여 있고 청소도 하지 않고 지내는 듯한데다 냉장고를 열어보니 어머니가 종종 보낸 반찬들이 그대로 쌓여 있었다고요. 그때 저는 왜인지 신세를 지는 것이 미안하여 밥은 밖에서 해결하고 지냈습니다. 아무튼 밥을 먹긴 먹는지 밥통엔 밥도 없었고 그걸 증명하듯 해인씨는 전에 없이 살이 빠져 있었고 말이에요. 옆방에서 들리는 소리로는 청소 안 한 지는 얼마나 됐어, 어머니가 물었더니 일주일밖에 안 됐어, 라고 해인씨가 답했어요. 도통 입맛이 없는 거니, 물으니 아니야, 다이어트중이야, 라고 하더군요. 해인씨의 어머니가 알겠다고, 무슨 일이 없더라도 앞으로는 연락이라도 자주 하자고 말했더니 다행히 해인씨가 응, 이라고 하기에 그만 일어나려다 문득 바닥에 떨어진 깨를 발견했는데.

네.

어머니는 그 깨가 눈에 들어온 순간에 겨우 안도감이 들었다는 것입니다. 해인씨가 그래도 깨를 뿌린 음식을 한 번은 먹었구나. 깨라는 건 가만히 생각해보면 안 뿌리려면 안 뿌릴 수 있는데, 깨를 뿌릴 마음이 남아 있구나. 그도 아니라면 해인씨가 뿌렸든 남이 뿌렸든 어쨌든 깨를 뿌린 음식을 먹긴 했구나. 잠시나마 안도했다는 것. 집에 가서도 얼마간 불안한 마음은 가시지 않았지만 그럴 때마다 방 한구석에 떨어진 깨를 생각하며 너무 걱정하지 않으려고, 아니 너무 미안해하지 않으려고 노력했다는 이야기. 깨라니. 그 얘길 전해들으면서 어쩐지 시시하다 생각했고 참 슬펐습니다. 저는 시시한 것들을 사랑하고 시시한 것은 대체로 슬프니까요.

이 회도 식당을 안 할 수 없는 맛인 것 같아요. 그리고 이 김치찜. 식당 안 할 수 없는 맛. 깨는 뿌려져 있지 않지만.

네, 깨는 없지만요.

먼 곳에서 밥과 술을 다 먹은 후엔 밖으로 산책을 나갔다. 나오기 전에 서로 뒷정리하겠다고 실랑이를 벌였으나 산책을 좀 하고 돌아와서 같이 하는 것으로 이야기가 됐다. 올 때는 메로나를 사가기로 했다. 근방에도 슈퍼와 편의점이 있었으나 유진씨와 나는 기차가 서지 않는 역까지 걸었다. 어느 집의 담벼락 위에 앉아 있는 고양이 두 마리를 보았고 근처

상점들은 하나둘 셔터를 내리고 있었다. 달달거리며 셔터가 내려가고 마침내 쾅, 하고서 자물쇠 채워지는 소리가 들렸다. 문을 잠근 사람은 접었던 무릎을 펴고 일어나 열쇠를 단단히 쥐고 걸어갔다. 유진씨와 나는 그 사람의 뒷모습을 바라보며 걸었다. 잠시 후 그 사람은 주차되어 있던 트럭에 올라타 시동을 걸고 사라졌다.

정말 외국 같아요.

그래요?

네, 〈세계테마기행〉 같은 걸 보는 기분.

그러니까 지금 기분이 좋다는 말이네요.

네.

고마워요.

나는 고개를 끄덕이며 열심히 걸었다. 땀이 조금 났고 유진씨 말대로 기분이 좋았다. 돌아보니 너무 오랜만이었다. 유진씨와 길을 걷는 것, 그러니까 전에 없이 마음 편히 걷는 것. 다만 걷는 일일 뿐인데도 이렇게 오랜만일 일인가, 몇 년간 그러질 못하고 지내왔다는 게 새삼스러웠다. 그러기 싫어서가 아니라 그렇게 된 것 같았다. 유진씨와는 처음 만난 날부터 이상하게 깊은 얘기까지 나누게 되었다. 저절로 되는 것도 없지만 억지로 되는 것도 없더라고요. 종종 유진씨의 말이 떠오르는 순간이 있었다. 여지없이 그런 걸 생각할 때 유진씨가 방향을 틀었다. 나는 유진씨를 따라 몸을 돌려 걸었다. 커튼 사이로 노란 불빛이 비치는 집들이 늘어선 골목길엔 풀벌레 소리만 간간이 들려왔다. 고요한 밤길이었다. 내일은 항구에 가자고, 유진씨가 말했다.

거기에 뭐가 있나요?

항구가 있지요.

항구가 있나요?

바다와 배가 있지요.

바다와 배.

네, 바닷바람과 배.

나는 내가 멀리 와 있다는 사실이 좋았고 메로나는 집에서 가장 가까운 가게에서 샀다.

사진에 취미가 생겼다는 유진씨가 사슴벌레처럼 생긴 카메라를 가져와 사진 찍어드릴까요, 물었다. 나는 오, 아뇨, 하면서 메로나의 포장을 벗겼다. 유진씨는 그렇다면 이걸 한 번, 하며 메로나를 찍었다. 우리는 등을 벽에 기대고 앉아 아이스크림을 먹었다.

이게 멜론이 아니라 참외맛이라잖아요.

참외맛을 갑자기 모르겠네요. 맛있다는 거랑 메로나맛인 건 알겠어요.

유진씨와 시답잖은 이야기를 나누며 유리로 된 미닫이문 너머로 작은 마당의 풍경을 본다. 예전에 이모네 집에서 보던 풍경과 비슷하다. 낮은 담 안으로 시멘트를 쌓아 분리한 수돗가와 나무 몇 그루. 다만 내가 사는 곳과는 잎의 모양이 다른 나무들. 이곳의 날씨와 흙에 알맞은 나무들.

유진씨, 저 바깥을 한 장만 찍어주세요.

바깥이요?

네.

나는 유진씨 곁으로 다가가 프레임 안에 담긴 밤 풍경을 들여다보았다. 유진씨가 카메라를 넘겨주었고 내가 집과 마당을 오가며 얼마간 셔터를 누르는 사이 유진씨는 더없이 소중한 것을 보여주겠다며 작은방에서 무언가를 가지고 나왔다. 더없이 소중한 것이라면서도 보관은 투명한 접착식 봉투에 넣어둔 것이 다였는데 그마저도 여러 번 붙였다 뗐다 했는지 점착력은 이미 사라지고 없었다. 그 투명한 봉투 안에 든 것은 나의 어릴 적 사진들이었다.

유진씨가 사진을 우르르 쏟아내었다. 스무 장은 되는 것 같았다. 오래전 사진을 가지고 유진씨의 서울 집에서 모였을 때 두고 온 것들이었다. 우리집엔 카메라가 없었는데 이렇게 사진이 많았나 싶어 새삼스럽게 놀랐다.

그때도 해인씨는 똑같이 얘길 했지요.

유진씨가 말했다. 모두 다른 사람이 찍어준 것이었고 그걸 잘 받아두었고 그래서 이렇게 남겨져 있다는 이야기입니다. 그래서 지금 볼 수 있고요, 하면서 사진 몇 장을 골라내었다.

가끔 제 사진들을 보고 나서 해인씨의 사진들을 볼 때도 있었어요.

유진씨가 골라낸 사진 속엔 어린 시절의 내가 있었고 가만히 그걸 보니 특별한 날뿐이었다. 일상은 없고 특별한 날, 특별한 걸 했을 때 찍힌 것들이었다.

다 처음이었겠지요.

그러면 특별하지요.

유진씨가 말했다.

1992년 11월 23일. 이날은 유치원에서 파김치를 담갔어요.

모두들 팔까지 다 덮는 흰색 앞치마를 입고 있어요.

아주 집중한 모습이고요.

이때는 주의력이 있었던 것 같아요.

같은 해 12월엔 족두리를 쓰고 절을 하고 있고요.

이것도 역시 1992년 12월. 유치원에서 그달에 태어난 친구들을 앞에 세우고 생일파티를 하고 있어요. 다른 친구들은 먹을 것이 차려진 테이블에 앉아 있고요. 여기 선생님을 보면 의자가 작아서 꼭 공중에 떠 있는 것 같네요.

네, 의자가 작네요.

모두 눈을 감고 기도를 하고 있는데 해인씨만 몸을 앞으로 빼고는 눈을 뜨고 케이크를 보고 있어요.

저때가 아니면 케이크를 먹을 일이 없어서 그랬던 것 같아요.

다행히 두 손은 기도중이고, 자, 다음 사진이요.

1992년 4월 19일. 소풍을 갔군요. 사진 속에 무려 열다섯 명이 있어요. 반쯤은 이제 막 도시락을 펼치는 모습이고 나머지 반쯤은 과자 포장을 벗기고 있고 그중 세 명은 몸을 돌려서 한쪽을 바라보고 있어요. 그쪽에 선생님이 앉아 있는데 아무래도 선생님께서 무슨 말이라도 한 모양이고요. 그런데 해인씨는 카메라를 바라보고 있고 양볼은 이미 김밥으로 터질 것같이 부풀어 있어요. 하나가 아니라 두 개쯤을 넣은 모양이에요. 어머니가 김밥을 크게 싸시나요? 아니면 두 개를 넣었나요.

두 개를 넣었을 거예요.

머리는 항상 양갈래로 묶었어요. 앞머리도 늘 있군요. 한

결같던 헤어스타일 덕분에 절을 하는 사진에서도 해인씨를 찾을 수 있어요.

카메라를 든 사람이 저를 불렀나봐요. 저만 카메라를 보고 있어요. 열다섯 중에 저만.

그래서 이 사진이 해인씨한테 왔나봐요. 그때는 모두에게 뽑아주진 않았을 거예요.

그런가봐요. 얘는, 아니 이분은 유치원에서 제일 친하던 친구예요. 유치원에서 키가 제일 컸고, 부산에서 와서 친구들이 신기해했던 기억이 있어요. 어릴 땐 사투리가 신기했지요.

빨간 티셔츠에 킹덤이라고 쓰여 있어요.

킹덤이라고 쓰여 있고, 제일 친했는데, 이름이 기억이 나질 않네요.

1993년엔 방송국 견학도 가고 놀이공원에도 갔었다. 사진을 보고 그랬다는 걸 알 수 있었다. 놀이공원으로 소풍을 갔던 날엔 비가 왔었는데 그래서 슬펐는지 어쨌는지는 기억에 없다.

이 사진들을 보고 나면, 그러니까 이 정도면 다행이지 않나 그런 생각도 들어요.

유치원에 다닌 덕분이라는 생각도 들고요.

의외로 아주 많이 웃으며 자랐어요.

하지만 보세요. 이때부터는 왜인지 그늘이 드리워졌어요.

정말이네요. 가만있어보자, 이때가……

나는 그 당시를 전혀 기억할 수 없었지만 사진 두 장으로 그해에 내가 무엇을 했는지를 알 수 있었다. 나는 학급에서 〈외다리 거위〉라는 연극 공연을 했고, 운동회 때는 풍물패에 소속되어 장구를 쳤다. 〈외다리 거위〉의 내용은 역시 전혀 기억에 없고 다만 사진 속 네 사람이 칠판 앞에 서 있는 것으로 등장인물이 넷이라는 것까지 추측이 되었다. 왜인지 넷 중 셋은 모자를 쓰고 있었는데 두 사람은 흰 종이로 만든 요리사 모자를 쓰고 있었고 나머지 한 사람은 직접 그리고 칠하고 오린 왕관을 쓰고 있었다.

해인씨가 왕관을 쓰고 있어요. 1995년 11월 13일. 왕자인데 너무도 슬퍼 보여요. 〈외다리 거위〉라는 이야기 속에 등장하는 왕자가 슬픈 왕자인가요. 그래서 사진을 찍을 때도 감정선을 유지하고 있었던 걸까요.

유진씨는 휴대폰으로 〈외다리 거위〉를 검색했다.

하지만 이렇게 장구를 칠 때도 같은 표정이에요. 연극은 끝났는데 스토리 안에서 아직 빠져나오지 못한 슬픈 왕자의 표정. 그게 아니라면 우리 가락이란 게 한이라는 정서가 있어서 몰입한 걸까요. 어린이였지만 말이에요.

가락.

정서.

한.

그걸 알았을까 궁금하지만 전혀 알 수 없고,

유진씨는 사진을 들여다보며 사람 수를 세기 시작했다.

무려 스물일곱 명이 꽹과리와 장구와 북과 소고를 함께 연주했어요. 선생님까지 하면 스물여덟 명. 해인씨가 특별히 슬픈 표정이고요. 왜 그랬을까요.

슬픈 어린이였으니까.

슬픈 어린이.

장구를 치며 무슨 생각을 했을까 짚어보자면 어쩐지 슬퍼지지만.

기분을 표정으로 드러냈다는 게 좋고요.

다행히도 일 년이 지난 후에 찍힌 몇 장의 사진 속에서 나는 웃고 있었다. 엄마의 삐삐를 허리춤에 차고 교회 친구들과 환하게 웃었고 소풍을 가서는 반 아이들과 함께 입을 크게 벌려가며 노래를 불렀다. 봉사활동을 하러 가서 묵상을 하고 찍힌 사진만 아니었다면 어느 정도 즐거운 시간이었다. 과거라는 것을 사진으로 보았을 때 이 정도라면 괜찮다고 생각할 수 있을 정도였고……

가져가셔요. 이제 주인을 찾았네요.

보관해줘서 고마워요.

이 사진이 특히 좋아요. 해인씨가 부침개가 든 양푼을 앞에 두고 찍힌 사진과 미취학 아동 시절에 63빌딩에 있는 수족관은 아니지만 횟집 앞 횟감용 생선들이 담겨 있던 수조 앞에서 호기심 어린 눈빛을 하고 찍힌 사진.

또 있나요.

라고 물었더니

네, 또 있어요. 양볼 가득 김밥을 넣고 오물거리고 있는 사진. 이 사진을 보면 왜인지 힘이 나요.

그렇군요.

잠들기 전에 오단짜리 책장을 비추는 전구 뒤로 쭉 이어진 그림자를 보았다. 고만고만한 높이의 책들과 작은 소품들이 만들어낸 그림자는 전등을 끄자 순식간에 모두 어둠이 되었다. 나는 마루에 이부자리를 깔고 누워 있었고, 살짝 열린 안방에서 새어나온 빛이 니은 자 모양을 하고 있는 것을 물끄러미 보다가 잠이 들었다.

이건 하나의 종이 아닌 것 같아. 여러 종의 새소리다. 생각하며 눈을 떠 푸른빛이 들어오고 있구나, 하고 있을 때 유진씨가 잘 잤나요, 말을 걸어왔다.

꿈도 꾸지 않고 너무 잘 잤어요, 하였더니 다행이라는 대답이 돌아왔다.

유진씨는 매일 잘 자나요.

대부분이요.

아직 새벽이에요.

그러네요.

그렇지, 새벽이구나 하며 눈만 뜬 채로 가만히 유진씨의 집 천장을 바라다본다. 이 시간까지 안 잤으면 안 잤지 일어난 적은 거의 없었다. 스며들어오는 하늘빛은 밝다면 밝고 어둡다면 어두운 것 같았다.

이불을 개키고 문을 열자 청개구리 한 마리가 가까이 다가와 있었다. 어릴 적에 개구리를 만지고 눈을 비볐다가 된통 당했던 기억이 있다. 돌이켜보면 당한 게 아닌데 그때는 또 당했다, 하면서 억울해하곤 했다. 어쩌면 개구리를 만지면서 괴롭혔던 게 우리니까 당한 건 개구리 쪽이었을 텐데. 유진씨는 그렇게 말하며 전기포트에 수돗물을 받아 끓였다.

우르릉. 두어 번 일정한 간격으로 천둥소리가 들려왔다. 비가 오려는 것 같았지만 금세 내리지는 않고 뜸을 들이고 있었다. 하늘이 다시 우르릉거렸을 때 이런 날엔 따뜻한 것을 먼저 마셔서 몸속을 풀어줘야 한다며 유진씨가 뜨거운 보리차를 내왔다. 보리차를 마시자 배가 고팠고 부엌으로 가서 달걀물에 설탕을 넣고 적신 식빵을 구웠다. 잠에서 깬 유진씨는 구운 식빵에 다시 설탕을 뿌렸다. 해인씨, 토스트 가게 안 하기엔 아까운데요. 유진씨가 말했고 나는 잠시 멀고 따뜻한 곳에서 종일 토스트를 굽는 상상을 했다.

간단하게 세수를 하고 양치를 한 뒤에 유진씨가 매생이굴 국밥을 먹자기에 알겠다고 하고 따라나섰다. 내 발보다 한 사이즈 반 큰 유진씨의 슬리퍼를 꿰어 신었다. 우산을 단단히 챙겼으나 버스를 타고 이십 분쯤을 가는 동안에도 비는 내리지 않았다.

단층 주택이 늘어선 마을 중앙에 식당이 있었다. 높은 건물은 눈에 띄지 않고 하늘이 어찌나 넓은지 엄청난 도심에 사는 것도 아닌데 그 풍경이 몹시도 낯설었다. 식당 입구엔 족히 마흔 개는 되어 보이는, 각기 키가 다른 화분들이 있었고 뒷마당과 이어지는 좁은 통로 앞쪽엔 작은 연못이 있었다. 그리고 한 남자가 연못 앞을 어슬렁거리고 있었다.

식당 안 카운터에는 선풍기 한 대가 혼자 돌아가고 있었다. 연못 앞을 어슬렁거리던 남자가 주인이었는지 우리를 따라 들어와 메뉴판을 올려두고 갔다. 유진씨가 메뉴판을 보는 동안 나는 벽에 걸린 메뉴판을 보았다. 어차피 매생이굴국밥을 먹으러 오긴 했지만 그래도 메뉴판을 살폈다. 국밥 두 개를 주문하고 물을 따라 마셨다. 구수한 차였다. 주택을 개조한 식당으로 우리가 앉은 곳은 안방에 해당하는 것 같았다. 우리가 주문을 한 뒤에 사람들이 들어오기 시작했고 그들은 네 개의 테이블을 이어붙인 거실에 자리잡았다. 테이블마다 놓인 주먹만한 작고 둥근 꽃병엔 식당 입구 화분에서 자란 꽃들을 꺾어온 듯, 한두 줄기의 파스텔빛 꽃들이 꽂혀 있었다.

밑반찬으로 나온 땅콩조림을 집어먹는데 유진씨가 술을 한잔 하겠느냐고 물었다. 이른 시각이었지만 그러고 싶어 고개를 끄덕였다. 나는 쌉쌀한 흙맛이 나는 채소를 고추장 양념에 버무린 반찬과 넓은 잎으로 만든 장아찌를 안주로 첫잔을 마셨다.

가게 주인은 국밥을 가져다주면서 뜨거우니 조금 있다가 먹으라고 말해주었다. 유진씨와 나는 수저로 매생이를 휘휘 젓다가 술을 마시고 또 젓기를 반복했다. 갑자기 쾅— 하는 큰 소리가 난 뒤에 굵은 빗줄기가 세차게 내리치기 시작했다. 거실의 사람들은 익숙한 듯 통유리 너머 바깥을 한 번씩 바라보며 먼저 나온 밑반찬을 먹거나 물을 마시고 있었다.

빗속이었지만 조용하고 평화로운 풍경이었다. 계속 비가 내리더라도 항구에 가겠는지 묻기에 그러고 싶다고 대답했다.

매생이굴국밥은 여러 번 식힌다고 식혔는데도 뜨거워서 밥그릇 뚜껑에 덜어 천천히 먹었다. 주인은 조금 멀찍이 떨어져 앉아 테이블 위에 놓인 신문을 뒤적였다. 어느새 거실은 손님으로 가득찼고 방안은 다섯 테이블 중 두 테이블만 찬 상태였다. 주문을 받을 때 한 번, 음식을 나를 때 한 번 말고는 더 움직일 필요가 없어 주인은 한가해 보이기까지 했고 오픈형인 주방도 큰 소리가 나거나 하지 않았다. 매생이란 것이 흐물흐물하니 부드러운데다 하나로 엉겨 있어 천천히 식혀 먹어야 하는 것처럼 식당 안의 시간도 그런 속도로 흐르는 것 같았다.

할아버지! 하면서 대여섯 살쯤으로 보이는 여자아이가 주인 남자를 향해 뛰어왔다. 그는 별다른 말이 없었으나 신문을 내려놓고 아이의 몸에 묻은 물기를 털어주었다. 아이가 자연스럽게 그의 무릎에 앉자 그는 고개를 숙여 아이를 바라보았다. 아이는 그의 무릎에 앉은 채로 손에 쥔 부채를 엉망으로 부치면서 식당 안의 사람들을 바라보았다. 몇 번 아이의 부채가 그의 얼굴을 찔렀고 그럴 때마다 그는 읍읍, 하면서 고개를 뒤로 젖혔다. 유진씨와 나는 이따금씩 그들의 모습을 바라보면서 국밥과 술을 마저 먹었다.

주인 남자와 아이의 가위바위보가 한창이었으므로 유진씨와 나는 퍼붓던 비가 그치고 또 식사를 마치고도 바로 일어나지 못했다. 발가락양말을 신은 그가 아이와 발가락으로 가위바위보를 하고 있었는데 그 표정이 사뭇 진지한데다 몇 번이고 그가 이기고 있었으므로 아이가 한 번 이길 때까지는 기다려야 할 것 같았다. 거실에 있던 손님들이 먼저 일어나 계산을 해달라고 요청하고 나서야 주인 남자는 일어났다. 아이는 잠시 시무룩했으나 금세 그를 따라갔다.

평소보다 많은 양을 먹었더니 걷기 힘들 정도로 배가 불렀다. 유진씨와 나는 계산을 마치고 식당 앞에 있는 공원으로 갔다. 공원은 폭은 좁았으나 아주 길어 끝이 잘 보이지 않을 정도였다. 몇 가지 체력단련 기구들이 있었고 나무평상이 깔린 정자가 있었다. 많은 사람이 늘 거기 있었던 것처럼, 그림처럼 몸을 돌려가며 기구를 이용하고 정자에 앉아 종이컵에 든 것을 홀짝이고 있었다. 공원에 있던 사람 대부분은 노인이었고 그들은 젖은 운동기구에 맺힌 물기를 손으로 툭툭 털어내거나 정자에 돗자리를 깔고 걸터앉아 있었다.

좋아 보여요.

뭐가요?

여기 풍경이요. 그리고 사람들.

겉으로 보면 대부분 좋아 보이지요.

그런가요.

해인씨도 좋아 보여요.

그렇군요.

유진씨와 나는 얼마간 정자 근처에 서 있었다. 정자에 앉아 있던 세 사람은 이제 보온병의 뚜껑을 닫고 종이컵을 겹쳐 쌓으며 갈 준비를 하는 듯했다. 유진씨와 나는 그쪽으로 아주 천천히 걸었다. 우리 때문에 서둘러 일어나지 않도록 최대한 천천히 걸었음에도 한 할머니가 짐을 챙기다 말고 우리에게 말을 걸어왔다.

여기 앉을 거예요?

네?

여기 앉을 거예요?

네.

그럼 여기 앉아요.

아뇨, 괜찮아요.

이거 내 건데, 이천원밖에 안 해요.

할머니는 챙이 넓은 모자를 단단히 쓴 뒤 돗자리를 남겨두고 친구들과 함께 정자를 떠났다. 인사를 하지 못한 채로 멀어져가기에 감사합니다, 하고 소리쳤다.

고마운 분이네요.

한번은 유진씨와 이틀 내내 고마움에 대해 토론한 적이 있었다. 유진씨는 토론을 좋아했다.

제비예요.

오, 제비 가족.

새소리에 위를 올려다보니 정자 지붕에 제비집이 있었다. 내가 어릴 적에 오래 산 그 집에도 때가 되면 늘 제비들이 날아와 처마 아래 집을 짓곤 했었다. 제비들은 우리가 그 집을 떠날 때까지 매년 우리집을 찾아왔고 나는 제비가 집을 짓는 모습을 마당에 앉아 지켜보곤 했다. 제비는 근처에서 물어온 젖은 흙이나 마른풀들을 간혹 떨어뜨리곤 했는데 가만히 두면 다시 땅으로 내려와 주워 물고 올라갔다. 흙과 풀들은 아래부터 층층이 쌓여 마침내 집이 되었고 그러고 나면 얼마 지나지 않아 삐약삐약, 짹짹 같은 새끼들의 소리가 들려왔다. 어미 제비는 작은 입을 열심히 벌리는 새끼들에게 먹을 걸 물어다주었는데 지천이 논밭이어서 집 지을 재료나 먹이는 차고 넘쳤다. 계절이 바뀌고 떠날 때가 되면 제비들은 바삭하게 마른 집을 두고 날아갔다. 모두 까맣게 잊고 있던 기억이었다.

제비집이 생각나요.

제비집이요?

네, 지금은 다 사라진 제비집들.

다 어디로 갔을까요.

다 어디로 갔겠지요.

유진씨와 나는 돗자리를 접어두고서 이걸 가져가야 하는지 두고 가야 하는지 의견을 나눴다. 우리가 이곳을 떠난 뒤에 누군가 필요한 사람이 앉을 수도 있었고 날아가지 않게 해둔다면 내일 다시 이곳에 올 것만 같은 세 사람이 다시 돌려받을 수도 있었지만 그전에 쓰레기로 오인되어 버려지게 될 수도 있었다. 돗자리에 대한 토론…… 밤새 할 건 아니지요? 물었더니 하려면 할 수 있다는 대답이 돌아왔다.

오후엔 작은 항구가 내다보이는 카페에 갔다. 유진씨의 집에서 멀지 않은 곳이었다. 우리는 우유를 넣은 따뜻한 커피를 마시면서 항구에 정박된 배들을 바라보았다. 지난 얘기들을 한참 나누었을 때 바닷바람이 불어와 오래된 카페 창문을 흔들었다. 나는 냅킨을 접어 창틈에 끼웠다. 창밖으로 한손에 검은 우산을 든 남자가 자전거를 타고 지나갔다.

비가 오나봐요.

유진씨가 말했다. 카페 유리창엔 하나둘 빗방울이 부딪치고 있었다. 사람들 한 무리가 하하하 크게 웃으며 카페 앞을 지나갔다. 우산 없이 비를 맞고 있었으나 뒷모습마저 즐거운 듯 보였다. 천둥소리가 몇 번 더 지나갔다. 유진씨와 나는 카페에서 나와 커다란 우산 하나를 같이 쓰고 비 오는 거리를 걸었다. 거리는 한적했다. 모임을 마치고 종종 함께 집으로 가던 때에도 우리는 같이 우산을 쓰거나 비를 맞았다. 나는 어릴 적에 교문 앞에서 우산을 들고 아이를 기다리는 사람들을 지나쳐 벌을 서는 것처럼 양팔을 들어 신발주머니를 뒤집어쓰고 집으로 가곤 했었다. 그런 얘길 했더니 유진씨도 비슷한 아이였다고 했다. 일하고 있었을 엄마는 그럴 때 어떤 생각을 했을까 물었더니, 그리 많이 미안하진 않았다고 해요. 조금만 미안했고 엄마는 어차피 일터에서 나올 수가 없었기 때문에 그냥 제가 잘 올 거라고 생각했대요. 어머니는 그렇게 생각했군요. 그 말을 끝으로 약간의 정적이 흘렀고 저녁으로는 전을 부쳐먹자고 얘기가 되었다.

유진씨 근데 이 우산 말이에요.

네, 우산이 왜요?

네 명이 써도 될 것 같아요.

그렇지요?

이런 우산이 다 있네요.

제가 샀어요.

어디서요?

어디더라…… 한 뒤엔 말없이 걸었다.

14

마루에 앉아 애호박을 길게 썰어 부침개를 부쳤다. 양푼이
어디 있더라, 하면서 유진씨가 스테인리스로 된 양푼을 가져
왔고 기름을 넉넉하게 부어 전을 부쳤다. 유진씨가 한쪽 무
릎을 접어 세우고 앉아 적당하게 식은 부침개를 손으로 건넸
고 나는 대충 다리를 펴고 앉아서 그 모습을 바라보았다.

조금 더 양푼을 바라보세요.

동시에 나는 양푼을 바라보고 있거든요, 라고 말했고 웃음
을 참으며 양푼을 바라보았다.

해인씨, 집중해줘요.

카메라를 든 유진씨가 진지하여 다시금 마음을 다잡고 양
푼을 바라보았다.

굿.

유진씨의 작은 목소리가 들렸다.

김밥이라면 제가 쌀게요.

양념한 밥에 아무거나 넣고 말면 된다던 장미씨를 생각하며 김밥을 쌌다. 밥에 양념을 할 때 부엌 바닥에 떨어뜨린 깨를 유진씨가 주우며 이 작은 깨를 보고 어머님이 안심을 하셨던 거군요, 했다. 말을 주고받으며 김밥을 만 뒤 아무래도 두 개로는 입안이 터질 것처럼 되지는 않아 세 개를 밀어넣고 사진을 찍었다. 마당에서 자라는 작은 나무를 배경으로 하고서였다.

그 돗자리를 챙겨올 걸 그랬어요.

어쩔 수 없다며 유진씨가 국방색 담요를 꺼내왔다. 낮에 내린 비가 다 마르지 않은 마당에 담요를 깔고 앉았다.

괜찮아요, 잘 어울려요.

네?

자, 찍습니다.

나는 오케이 사인을 받기 위해 여러 번 입안에 김밥을 세 개씩 욱여넣었고 그러느라 몇 분 만에 김밥 한 줄을 다 먹어버리고 말았다. 오래 씹은 다음엔 시원한 보리차를 마셨다.

재밌었고, 카메라를 사고 싶다고, 생각했다. 기록하고 싶다. 어떤 순간들을 남기고 싶고 다시 기억하고 싶다고 생각하면서 사진들과 쥐포를 챙겨 기차를 타고 서너 시간쯤 달려왔다. 기차 안에서는 창밖 풍경을 물끄러미 바라보았다. 추수가 끝난 논과 버드나무 몇 그루가 농수로를 따라 이어져 있는 것을 보았고 그 위를 나는 새 두 마리를 보았다. 아직 그곳에 있던 지나온 날들을 비로소 지나온 것인가 생각하면서, 철퍽철퍽 바닷물이 방파제에 와 닿던 곳에서 완전히 멀어지고 한적한 밭들을 지날 때쯤엔 유진씨로부터 받아온 사진 몇 장을 다시 꺼냈다.

서울역에는 우경이 나와 있었다.

오랜만이네.

잘 있었어?

아니.

아니, 라고 한 뒤에 우경은

잘 있었어.

하였다.

싱겁다.

싱겁고, 오늘은 좀 덥고.

거리를 두고 계단에 앉아 있는 사람들은 얼음이 담긴 커피나 휴대폰을 손에 쥐고 조용조용 이야기를 나누고 있었다. 우리는 사람들을 지나쳐 지하철을 타러 갔다. 월차를 냈더던 우경은 오전엔 드라마를 보다가 마트에 들러 장을 봤다고 하였다.

뭐 샀어?

달걀이랑 휴지랑 사과.

한번은 성규가 사과를 좋아하는지 묻기에 그렇다고 하자 베인 손가락을 보여주며 다른 과일도 다른 과일이지만 특히 사과를 깎을 때 조심하라고 말했다. 성규는 자주 여기저기를 다치곤 해서 다친 곳이 생길 때면 꼭 나나 장미씨에게 소식을 전하는데 회복력이 좋아 모두가 다행이라고 여기고 있다. 나는 회복력이 좋지 않은 우경에게 사과를 깎을 때는 손을 베지 않게 조심하라고 전했다.

공항철도는 순식간에 도의 경계를 넘었고 우리는 동네로 가는 버스로 갈아탔다. 버스 창가에 머리를 대고 잠깐 졸았더니 내릴 때가 다 되어 있었다. 하늘이 어둑해지며 둥그런 회색 구름이 몰려왔다.

이번주 내내 이러네.

나 우산 있어.

나도.

우리는 안심하고 버스에서 내렸다. 우산이 없는 사람이 있다면 그 사람에게 우산을 주자. 우경이 말했고 나는 고개를 끄덕였다. 우경은 보던 드라마를 보면서 사과를 먹고 짐을 쌀 것 같은데 같이 집으로 가자고 말했다. 하늘은 여전히 어둑할 뿐, 비는 오지 않았다.

15

　우경과 함께 사과를 깎아먹고 달걀을 삶아먹었다. 짐을 정리하다보면 회사 보조열쇠며 리모컨을 찾을 수 있을까 했지만 찾지 못했다.

　출국까지는 얼마간의 시간이 남아 있었고 그동안 우경은 우재가 있는 곳에서 지낼 예정이라고 했다. 우경이 타던 차는 엄마에게 가기로 했는데 칠백만원으로 이야기가 되었다. 그냥 준다는 것을 엄마는 그냥 받지 못했다. 엄마는 내가 우경과 베트남에 함께 가지 않는다고 말했을 때 한참의 침묵 끝에 지금은 그러기로 했니, 하고는 또 한참의 침묵 끝에 잘했다, 하였다.

　〔그러고 보니 그거 없이도 잘 살았네〕

〔사실 없어도 되는 것이긴 했어〕

〔연락할게〕

〔연락해〕

16

이른 추위가 들이닥쳤고 단열이 부실한 매장은 난방기를 여러 대 켜두어도 종일 추웠다. 손님이 눈에 띄게 줄었고 난방비는 늘어 카운터 앞에 히터를 켜두고는 온라인 거래량을 높이기 위해 컴퓨터 앞에 앉아 하루를 보냈다. 아이들은 볕이 좋은 토요일 낮에 매장 공터에서 그네를 타곤 했으나 바람이 세진 이후로는 거의 볼 수 없었고 환희만이 여전히 자주 들렀다. 한번은 환희가 울면서 그네를 타기에 무슨 일이 있느냐고 물었더니 할머니랑 할아버지가 울고 있다는 얘길 하였다. 왜 우시는지 아느냐 물었더니 그건 모르겠다고 하기에 나도 모르게 눈물을 조금 흘렸다. 근데 아줌마는 왜 울어요. 환희가 말했고 몰라, 눈물을 닦으면서 쭈그려앉았던 몸을 펴고 일어났더니 멀리서 사장님이 우리를 바라보고 있었다. 그럼에도 눈물이 멈추지 않아 계속 울었더니 환희가 조금 웃었다. 왜 웃어. 몰라요. 환희가 말했고 사장님은 한참이나 그러고 있었던 듯했다. 환희가 그네에서 내려오자 이쪽으로 걸어와 환희의 손을 잡았다.

데려다주고 올게요.

네.

사장님은 환희를 자전거에 태워 환희네 집을 향해 페달을 밟았다.

엄마는 생애 처음으로 생긴 차를 타고 자주 집을 비웠다. 퇴근을 하고 나면 온기라곤 없는 텅 빈 집이 기다리고 있었다. 몸을 오래 씻고 나와 텔레비전을 켰다. 〈전원일기〉를 틀어놓고 유자청에 뜨거운 물을 붓고 젓는 동안 문자메시지가 왔다. 우재였다.

가을이 지나간 평일 한낮의 가진해변은 언제까지나 아무 일도 일어나지 않을 것처럼 한적하고 고요했다. 우재는 통창이 내어진 해변가 카페에 앉아 있었다. 파란 바다와 하늘이 카페 안까지 들어와 있는 듯했고 유리창엔 카페 안의 조명이 비쳐 꼭 여러 개의 손톱달이 떠 있는 것 같았다. 어떤 게 달이고 어떤 게 조명인지 분간이 어려울 정도로 닮은 모습이었다.

넓은 카페 안엔 우리 말고 두 테이블이 차 있었는데 한쪽은 회의를 하는 듯 보였고 한쪽은 두 사람이 나란히 앉아 바다를 바라보며 서로의 손을 꼭 잡고 있었다. 저 바위섬 좀 봐. 너무 좋다, 그치. 한 사람이 그렇게 말하며 잡고 있던 손이 아닌 다른 손으로 바위섬 위를 지나는 새 한 마리를 좇았고 다른 한 사람의 시선은 그 손을 따라 움직였다. 유리창 너머 야외 테이블에 앉은 두 사람이 시야에 들어왔다. 바람이 차게 불고 있었으나 햇살은 따뜻했다.

누나.

우재는 혼자 앉아 밀려오는 파도를 바라보고 있다가 내가 다가가자 일어났다. 우리는 조금 오래 포옹했고 나는 천천히 몸을 떼면서 그동안 잘 지냈는지 물었다.

잘 지냈어.

그래.

우재의 대답을 들으며 맞은편에 앉았다. 여기 좋지? 묻기에 고개를 끄덕였다. 주문한 커피가 테이블에 놓였고 나는 커피를 한 모금 마셨다. 아주 뜨겁지 않은, 좋아하는 온도였다.

누나, 흰머리가 났네.

그래?

응.

우재가 테이블 위로 손을 뻗어 가까이 다가왔다. 나는 머리를 그쪽으로 조금 대주었고 우재는 한껏 집중한 표정으로 흰 머리카락을 뽑아 내 커피잔 옆에 내려놓았다. 나는 그것을 조금 바라보다가 냅킨으로 감쌌다.

지내는 건 어때?

좋은데 아무래도 좀 외로워.

외로워?

응, 사랑하는 거랑 별개로.

별개로.

응.

근데 여기 오기 전에도 그랬어.

나도 그런 것 같다고 생각하며 커피를 마셨다. 우재는 야트막한 언덕 위에 있는, 빨간 지붕을 얹은 집을 얻었다고 했다.

누나가 정말 좋아할 만한 집이야.

부럽다.

부럽지?

그러고는 새로 다니게 된 회사에 대한 짤막한 설명과 함께 음식 배달이 오지 않는 경우가 많아 집에서 요리를 하게 되었다는 얘길 해주었다. 나 이제 청국장을 너무 잘하고 파스

타도 진짜 너무 잘해. 또 뭘 잘하더라. 아무튼 거의 다 잘해.

우재가 말했고 나는 웃었다. 다른 테이블과는 너무 멀리 떨어져 있어서 어떤 말이 오가는지 들리지 않았다.

그리고 퇴근을 하면 이 해변가를 걸어.

여기?

응, 대부분은 나 하나뿐이고, 일기 비슷한 걸 쓰면서 걷는데.

걷는데.

일기마저도 좀 잘 쓰는 것 같다, 대체 못하는 게 뭐지, 그런 생각이 들고.

우재와 나는 눈을 마주치며 조금 웃었고

외로운데 좀 좋아.

우재는 아직까진 그렇다고, 지금은 그렇다고 말했고, 물을 한 모금 마신 뒤엔 내게 우경과 헤어진 것을 후회한 적이 있느냐고 물어왔다. 나는 그렇다고 대답했다. 우재는 엄마의 안부를 물었고 나는 엄마가 우경에게 산 차를 타고 전국을 누빈다고 근황을 얘기해주었다. 그리고 우재가 다시 한번 내게 늘 괜찮은지를 물어왔고 나는 늘이라니, 그런 거라면 모르겠다고 대답했다.

우재는 자리에서 일어났다. 누나, 늘 고맙게 생각하고 있어. 그 말 한마디에 왜인지 마음이 좀 따뜻해졌고 달리 어떤 말을 하지는 못한 채 주차된 차를 향해 걸으면서 불어오는 바닷바람을 맞았다. 나도, 라고 말한 것을 우재가 들었을까. 간격을 두고 들려오는 파돗소리와 자갈이 깔린 길을 걷는 발소리뿐이었다. 우재와 나는 끝없이 늘어선 겨울나무들을 지나 시내로 향했다. 저기 교도소 지나면 태촌이라는 데거든? 거기 지나면 금방이야. 우재는 장미씨와 성규가 기다리고 있는 호수 입구에 나를 내려주고 회사로 돌아갔다.

그러니까 여기가 뭐 어디서 선정한, 꼭 와봐야 하는 곳이라잖아요?

누가 정했는지는 몰라도 이렇게 와봤네요.

덕분에요.

바다 아닌가요?

호수래요.

너무 투명해 물속이 훤히 들여다보이는 호숫가를 걸었다. 한바탕 물고기떼가 지나간 바다처럼 넓은 호수엔 저멀리 오리 한 마리뿐이었고 오리는 물속으로 들어가 한동안 나오지 않았다가 다시 나왔다가를 반복했다.

우리 동네 저수지는 속이 전혀 보이질 않는데 여긴 정말

다 보이네요.

어떻게 이렇게 투명하죠.

그러게요.

검은 한복을 입은 할아버지가 우리 곁을 지났다. 장갑을 낀 손에 작은 카세트를 들고 있어 지나칠 때 섬마을, 섬마을 하는 가사가 들렸다. 호수를 빙 돌아 공원 쪽으로 나왔다.

교통안전 체험장이 있네요.

장미씨가 말했고, 해보고 싶다고 성규가 말했다.

해볼까요.

두 사람이 고개를 끄덕이기에 우리는 그쪽으로 걸어갔다.

안 되네요. 어린이만 돼요.

안 돼요?

안 돼요. 어린이만 돼요.

성인은 절대 안 될까요.

네, 아무래도.

할 수 없지, 하면서도 그 앞 벤치에 얼마간 앉아 있었다.

해인아, 너 여기 주민 같아.

해인씨, 울어요?

네.

왜요. 교통안전 체험 못해서 그래요?

아니요.

어린이가 아니라서 그래요?

아니요.

지금은 어린이가 아니지만, 어린이였잖아요. 그걸 잘 기억
해봐요.

장미씨는 가만히 내 손을 잡고는 천천히 말을 이었다.

한번은 아버지의 손이 너무 찬 거예요. 그다음날도, 그다
음날도, 그다음날도…… 왜인지 계속이요. 그런데, 그러니까
너무 무섭더라고요. 미안하게도, 무서웠어요. 그런데 그날
해인씨가 제 손을 잡아주었어요. 몰랐지요? 지금만큼 가깝지
는 않았던 때였는데요. 좀 걸었던 것 같고 그러다 저수지 앞
벤치에 앉아 있었고, 무언가 자세를 고쳐 앉다가 그랬는지
어쩌다 손이 닿았거든요. 그랬더니 날이 좋은데 왜 손이 찬
가요, 하면서 제 손을 좀 오래 잡아주었어요.

장미씨가 옆 벤치에 앉아 그렇게 말했고 성규와 나는 아무
말도 하지 않았다. 다음날 오후, 돌아가는 길에 춘천에 들러
닭갈비를 먹는 것 말고 다른 계획은 없이 달려온 길이었다.

돌아가는 날 아침엔 눈이 내렸다. 꿈인가 실제인가 하였는
데 실제였다. 눈이 그치면 추워질 거라고, 칼국수를 먹고 가

라고 우재에게 메시지가 왔다. 장미씨와 성규가 동행하기로 했다. 정오가 되기 전 오래된 초등학교 옆에 위치한 장칼국수 식당에 당도했다. 눈발이 약해져 있었다. 식당 앞에서 할머니가 할아버지의 머리를 잘라주고 있었다. 너무 일찍 왔나, 하고 근방을 좀 걷기로 했다. 나는 어린 우경과 우재가 걸었을 길을 걸었다. 와, 정말 강원도네요. 정말 강원도예요. 여기도 산, 저기도 산. 와, 길도 너무 좋네요. 진짜 좋아요. 장미씨와 성규도 그런 얘길 나누며 걸었다. 이대로 산을 타고 싶다고들 하다가 시간이 되어 식당으로 돌아갔다. 우재가 와 있었다. 우재는 성규를 반가워했다. 원래 얘가 우경이보다 날 더 좋아했거든요. 성규가 장미씨를 향해 말했고 장미씨는 아 네네, 대답하며 웃었다.

그럼 토탈 넷이야?

할머니가 물었고

네, 머리 자르셨어요?

우재가 물었다.

응, 둘 다 잘랐어.

할아버지가 말했다.

오랜만에 왔네. 잘 왔어.

할머니가 내 어깨를 어루만지며 말했다. 이제 안 오는 줄 알았잖아, 할아버지가 말했다.

이제 가서 개밥 좀 줘요.

할머니가 할아버지에게 말했다. 할아버지는 덜컹, 소리를
내며 미닫이문을 열고 나갔다. 모여든 개들이 토탈 여섯 마
리가 됐다는 얘길 전해들으며 칼국수를 먹었다.

할머니가 토탈이라는 단어를 많이 쓰세요.

우재가 말했고 장미씨가 멋있으세요, 하면서 고개를 끄덕
였다. 칼국수를 먹고서 우재와 나는 우경과 우재의 부모님이
계신 곳에 다녀왔다. 장미씨와 성규는 식당이 있는 마을을
세 바퀴쯤 더 돌았고 그러다 예전에 방영했던 〈웬만해선 그
들을 막을 수 없다〉라는 프로그램에 대한 기억들을 꺼내놓았
다고 한다. 성규는 내게 장미씨의 오늘 치 행복한 대화를 충
족시켰다며 뿌듯해했다. 식당으로 들어가 사온 연시를 드렸
다. 할머니는 다시 가져가라며 목소리를 높였다.

좋아하시잖아요.

너도 좋아하잖아.

할머니가 말했고

또 올 거지?

할아버지가 묻기에 나는 고개를 끄덕였다.

또 와.

네.

꼭 또 와.

네.

서울에는 한 번도 와본 적이 없다던 할머니와 할아버지의 식당 앞에서 우재는 시계를 들여다보았다.

오래 걸리겠다. 조심히 가, 누나.

응, 너도.

누나, 또 와.

응.

꼭 또 와.

응.

나는 장미씨와 성규와 함께 차에 올라탔다. 춘천으로 가자고 성규가 말했고 장미씨가 그러겠다고 했다.

닭갈비는 제가 살게요.

내가 말했다.

우리는 다섯 시간 반을 달려 동네로 돌아왔다. 오는 길에 해가 졌고 도착했을 땐 저녁 시간 정도였지만 이미 깜깜했다. 빌린 차를 반납하고 우체국 근처로 춘천닭갈비를 먹으러 갔다. 오는 길에 춘천엘 들를 수도 있었지만 성규는 왜인지 진짜 춘천은 꼭 시험에 붙고 가고 싶다고 했다.

시험에 붙고 나면 그날 딱히 뭘 해야 할지는 모를 것 같거든요. 너무 좋을 것 같은데 술을 마시긴 좀 그렇고. 그럴 때 춘천엘 간다, 생각하면 너무 좋습니다.

같이 가자. 그날도 닭갈비는 내가 살게.

닭갈비를 사는 것을 좋아하나요.

네.

우리는 구석 자리로 가 음식을 주문했다. 둥그런 철판에 가득 쌓인 채소들이 숨죽기를 기다리며 우리는 동치미 국물에 소주를 마셨다. 우재랑은 무슨 얘기를 했는지 성규가 묻기에 우재가 봄에 결혼을 하게 되었다는 소식을 전했다. 그렇구나, 성규가 말했고 야채 먼저 드세요, 사장님이 다가와 닭갈비를 뒤적여주며 말했다. 우리는 빠르게 술과 닭갈비를 먹었다. 빈 철판을 앞에 두고 성규가 물었다.

갈 거야?

응, 내일 출근해야지.

아니, 우재 결혼할 때.

아, 응.

간다고?

응.

같이 가자. 장미씨도 같이 가겠나요?

저요?

네.

네, 시간 되면 바람 쐴 겸 같이 가요.

식당에서 나와 길을 걷기로 했고 성당으로 향하는 계단을 올랐다. 오늘도 촬영을 하는 모양이었다. 무슨 드라마 촬영을 하나봐요. 장미씨가 말했고 나는 고개를 끄덕였다. 한 남자가 패딩을 걸쳐 입으며 우리 앞을 지나갔다. 그는 한쪽 팔을 끼워넣지 못한 채로 계단을 오르고 있었다. 성규는 옷을 잡아 그가 한쪽 팔을 끼워넣을 수 있게 도왔다.

고맙습니다.

남자가 뒤를 돌아 성규에게 말했다.

수고하세요.

성규가 답하고는 걸음을 멈췄다. 나는 천천히 계단을 내려갔고 장미씨와 성규가 따라 내려오는 것을 보았다.

오늘 너무 고마웠어요.

별말씀을.

고마웠어.

별말씀을.

우리는 횡단보도를 건너 편의점으로 갔다. 셋 다 별말 없이 콜라를 사 마셨다. 다 마신 사람부터 콜라캔을 재활용 박스에 넣은 것을 끝으로 헤어졌다. 나는 집까지 걸었다. 집 앞 현관 가까이 가자 센서등이 작동했다. 현관 양옆에 심겨 있는 소나무가 며칠 새 말라 있는 것을 보았다.

17

여기 밥솥 있어요? 제일 작은 거. 우즈베키스탄에서 왔다
는 두 사람이 밥솥을 찾았다. 물건을 고르는 동안 두 사람이
주고받는 이야기 속에 등장하는 것들은 여기에 없었다. 식물
이나 주변에 있는 물건, 예를 들면 사라진 마카다미아의 행
방을 추측해보는 식이었고, 길에서 본 동물들이 주로 등장했
다. 나는 두 사람이 고른 육인용 밥솥을 오천원 빼고 계산했
고, 집까지 한 시간쯤 걸린다기에 들고 가는 데 문제가 없도
록 단단히 포장했다. 매장 앞으로 번호가 2222인 차가 지나
갔다. 사장님은 이쑤시개 탑을 쌓다 말고 오, 하면서 차가 지
나간 곳에 오래 시선을 두었다.

멸치를 넣어 말아온 김밥으로 점심을 먹고 있을 때, 끝까

지 2번으로 밀고 나갔어야 했다고 성규가 메시지를 보내왔다. 성규는 응시한 시험에서 떨어졌다. 나는 젓가락을 내려놓고 언제든 연락하라고 답장을 보냈다. 시선 끝에 검은 새끼 고양이 한 마리가 있었다. 잘못 봤나, 하던 차에 고양이는 순식간에 매장 앞을 떠났다. 고양이가 떠난 거리에 겨울 이불을 사서 버스를 기다리는 사람이 지나갔다. 크고 투명한 비닐백 안으로 올리브색 이파리 패턴이 그려진 깨끗한 솜이불이 보였다.

저 이불을 덮게 될 사람, 기분좋을 것 같아요.

사장님이 짬뽕을 먹으며 말했다.

저도 그 생각 했어요.

장미씨가 벽시계를 가져왔기에 내가 샀다. 퇴근을 하고 이모네 미용실로 갔다. 미용실에는 두 사람이 있었고 한 사람이 파마를 하고 있었다. 그 사람의 머리 위를 열기계가 돌고 있었다.

어우, 이거 언제 끝나나. 배고픈데.

짜장면이나 한 그릇씩 시켜먹을까요.

고구마나 먹고 이따가 집에 가서 밥들 먹어. 괜한 돈 쓰지 말고.

동치미 있는데.

그럼 얘기가 달라지지. 무조건 고구마지.

이모와 손님 둘이 나누는 이야기를 들으며 무심하게 텔레비전을 보았다. 개항장의 이모저모를 찍은 다큐멘터리였다. 이모네 미용실이 있는 이 오래된 골목도 같은 프로그램에 소개된 적이 있었다. 그날 있던 손님들은 모두 텔레비전에 나온 적이 있는 사람들이었다. 무엇인가를 잘하거나 오래 해서, 혹은 우연히 어떤 식당에 갔다가 인터뷰를 한 적이 있다고 했다. 프로그램이 끝나갈 무렵 간격을 두고 가게 안쪽에 앉아 있던 아주머니가 테이블 위의 전단지를 집어들었다.

춤이나 배워볼까.

춤?

자이브, 룸바, 왈츠, 차차차, 삼바, 라틴, 모던, 탱고……

종류가 그렇게나 많아?

응, 삼 개월 등록하면 십 프로 할인도 해주고.

차차차만 알겠다. 어딘데?

시장 안에. 인생의 기회를 놓치지 말라고 쓰여 있던데, 놓칠 거야?

응.

텔레비전에서는 눈 덮인 울릉도에서 스키를 타는 사람들이 나오고 있었다. 파마중인 아주머니가 고향이 울릉도라며

리모컨을 들어 볼륨을 높였다. 집중하여 보느라 앞으로 몸을
숙이는 바람에 열기계에서 멀어지자 이모가 다시 자세를 만
져주었다.

몇 살 때 온 거야?

열여섯.

어쩌다 여기까지 왔어?

몰라, 이제 기억도 안 나.

그립지 않아?

편한 마음 반, 그리운 마음 반.

중간이 전부 생략된 말이었지만 이모와 아주머니는 그 말
이 맞다며 고개를 끄덕였다.

이모, 저 시계 말이에요.

응.

이제 잘 가네요?

저거 봄부터 거꾸로 가잖아.

아직도요?

응, 종종 그래.

지금은 잘 가는 것 같아요.

응. 가끔만 그래. 조금 만져주면 또 제대로 가.

이걸 가져왔는데.

내가 시계를 꺼내자 이모가 의자를 밟고 올라가 걸려 있던 시계를 내렸다. 나는 인사를 하고 밖으로 나왔다. 늦게까지 문을 연 문구점 앞에서 한 아이가 혼자 뽑기를 하고 있었다. 와! 일등! 일등! 아이는 이미 어둠이 내려 깜깜한 골목길에서 무거워 보이는 책가방을 멘 채로 뱅글뱅글 몸을 빠르게 돌리고 있었다. 자이브……? 룸바일까……? 춤에 대해선 전혀 모르지만 아이는 빙빙 돌며 골목 끝으로 사라졌고, 나는 장미씨를 기다리며 뽑기를 했다. 꽝이었다. 앞에 놓인 장난감들을 구경하다가 부메랑 하나를 샀다.

해인씨!

장미씨가 손을 흔들며 걸어왔고 가로등 아래서 만났다.

오늘 왠지 혼자 밥 먹기가 싫었는데 고마워요, 정말.

우리는 버스 정류장에 서서 무엇을 먹을지 고민했다. 사람들이 서서 어묵과 붕어빵을 먹고 있었고 길거리 어묵이라면 언제든 환영이었지만 치킨을 먹기로 했다.

따뜻한 걸 먹기로 해놓고 치킨이네요.

어묵 하나 먹을까요.

네.

와주셨으니까 제가 살게요.

우리는 어묵을 세 개씩 먹고 십오 분쯤 걸어 학창 시절에 자주 가던 치킨집에 갔다. 그 건물 지하에 목욕탕이 있어 목욕을 마치고 종종 치킨을 먹곤 했다고 장미씨가 말했다.

저는 목욕탕은 안 가봤어요.

그렇구나.

치킨집은 정말 많이 와봤고요.

어묵을 많이 먹어서인지 둘이서 한 마리를 채 먹지 못하고 남은 것을 포장했다. 카운터에 메리골드 씨앗을 가져가라는 안내가 있었고 장미씨는 냅킨에 씨앗 몇 개를 챙겼다. 나는 남은 치킨을 들고 밤길을 걸으면서 언젠가 우경과 걷던 길을 떠올렸다. 치킨냄새를 맡고서 우리를 따라오던 개를 떠올렸고 자전거 바퀴가 우리 둘을 싣고 굴러가며 내던 소리를 떠올렸다.

18

우경이 두고 간 자전거는 아직 그대로 공터 한편에 세워져 있다. 요즘 나는 잠이 좀 줄었으며 겨울이 오는 게 조금 두려운 정도의 마음이다. 한 번, 조금 운 적이 있었고 이렇게 자주 비가 내린 적이 있었나 싶을 만큼 매일 비가 내리는 날씨가 이어졌다. 매장은 가을에 조금 바빴다가 날이 쌀쌀해지면서 한동안 무척이나 한가했는데 사장님은 한가하면 또 한가한 대로 좋다는 이야기였다.

사장님이 성냥과 이쑤시개로 탑을 쌓았다가 무너뜨리기를 반복할 때 환희가 와서는 어, 저랑 똑같은 거 하시네요? 라면서 〈탑 쌓기〉라는 게임을 보여주었다. 제일 재밌는 건 〈입양하세요〉예요. 환희가 말했고 그거 어디서 하는 건데? 물었더니 알려주었다. 발음을 정확히 알아들을 수 없어서 메모지를 내밀었더니 써주고 갔다. 나는 실제로 그 게임을 해볼 생각이었지만 다시 일을 하고 퇴근을 하고 달걀과 고구마를 쪄먹다 잊고 말았다. 이틀 후인가 환희가 다시 와서는 그 게임에 가입했느냐고 물어와서 요즘은 좀 바쁘고 다음달쯤에 할 예정이라고 했더니 매장 안을 한번 둘러보고는 일 없는 것 같은데요, 라고 하기에 아니라고 바쁘다고 말했다. 두세 번 반복해서 바쁘다고 했더니 다음달에는요? 물어왔다.

그때쯤엔 괜찮을 거 같아.

그럼 다음달에 친구 맺어서 같이 해요.

알겠어.

그날 밤엔 문득 라면을 끓여먹은 냄비를 설거지하다가 조금 눈물이 나기에 해열제를 하나 먹었다. 열이 나지 않더라도 마음이 힘들 때 해열제를 먹는 것이 도움이 된다는 말은 유진씨에게 들었다.

〔이곳에 있기 위해서 할머니도 많은 걸 포기하셨을까요?〕

〔그저 충분하셨을지도요〕

그랬을 수도 있을 것 같다는 답을 끝으로 텔레비전 채널을 이리저리 돌려본다. 요즘은 텔레비전을 켜놓고 자는데, 잠이 오지 않아 텔레비전을 켜는 건지 텔레비전을 켜서 잠을 잘

못 자는 건지는 잘 모르겠다. 전원 버튼 위에 엄지손가락을 올려두고 끌까 말까 망설이고 있을 때 또다시 천둥번개가 오래된 창 안으로 들이쳤다. 나는 꼼짝 않고 앉아 있었고 틀어놓은 텔레비전 프로그램에서는 사이가 좋지 않은 어른과 아이들이 출연했다. 어른들은 무릎을 꿇고 아이들의 발을 닦아주고 있었다. 무릎을 꿇은 사람 중 누군가 울기 시작하자 순식간에 모두가 울게 되었다. 올해 여섯 살이 된 아이가 그중 가장 크게 울었다. 어떤 감정인지 알지 못한 채로 화면에서 눈을 떼지 못하고 있을 때 현관문을 두드리는 소리가 났다. 잘못 들었나, 일어선 채로 얼마간 가만히 있었는데 다시 누군가 현관문을 두들겼다. 해인아, 해피가 죽었다. 이모가 비를 흠뻑 맞은 채로 문 앞에 서 있었다.

나는 이모를 끌어안았다. 이모는 어린아이처럼 울었다. 이모에게 수건을 건네고 급히 이것저것을 챙겼다. 이모는 수건을 든 채로 얼굴 가를 조금 훔쳤을 뿐, 젖은 머리칼은 그대로였다. 여력이 없을 것이다.

나이를 이만큼 먹고도, 혼자 있기가 좀 그래서 왔어.

잘 오셨어요.

날씨까지 이래서.

네, 택시를 부를게요.

가는 동안 이모는 계속 울었고 택시 기사가 우리를 힐끗힐끗 보았다.

전화할 정신도 없고, 무작정 왔네.

이모가 말했다. 그럴 수밖에 없었을 거라고 나는 생각했고 이모의 손을 잡고 그저 네, 그렇게 대답할 뿐이었다.

해피는 고요하게 잠든 것처럼 보였다.

해피야, 미안해. 정말 미안해. 엄마가 미안해.

이모가 말했고 해피는 아직 따뜻했다. 나는 수건을 가져와 이모의 젖은 머리칼을 꾹꾹 눌렀고 물을 가지러 갔다가 유자차를 탔다. 이모는 유자차를 조금 마셨다.

감기에 걸릴지도 모르니까 천천히 다 마셔요, 이모.

고맙다.

나는 이모가 차 한 잔을 다 마시는 걸 본 후에, 이모가 전부터 알아봐둔 24시 장례업체에 이모 대신 전화를 걸었다. 엄마한테는 얘기하지 마. 이모가 말했다. 젖은 옷을 갈아입자마자 승합차가 도착했고 우리는 해피를 안고 차에 올라탔다.

다시 이모네 집에 돌아온 것은 새벽 세시가 조금 넘은 시간이었다. 잠깐 눈을 붙였다가 일어났을 때 이모는 밤을 새운 듯 돌아와서 앉은 자리에 그대로 있었다. 해피의 물건들은 일단 좀 뒀다가 나중에 정리하겠다고 하였다.

그래야 해피 냄새가 나니까.

네.

제가 와서 며칠 지낼게요.

하루이틀만 그래줄래.

네, 밤에 짐을 조금 챙겨서 올게요.

나는 흰 종이에 '개인 사정으로 미용실 문을 닫습니다. 찾아주신 여러분 죄송합니다'라고 이모가 부르는 대로 받아썼고 출근길에 미용실에 들러 안내문을 붙이기로 했다. 깜빡하고 테이프를 챙기지 않아 문구점에서 사려 했으나 주인은 잠시 외출중이었다. 아이들이 한창 많을 시간이었으므로 아이들 몇 명이 문 앞을 서성이고 있었다. 나는 독서실로 갔다.

어우. 깜짝이야. 이렇게 말없이 갑자기.

아, 미안해요. 테이프 좀 빌릴 수 있어요?

그럼요. 어우, 이거 꿈 아니죠?

네, 이만큼만 뜯어갈게요.

바로 가요?

네. 이따 연락할게요.

나는 필요한 만큼만 테이프를 뜯어 독서실을 나왔다. 독서실 냄새. 독서실 냄새를 맡으니 문득 이맘때 생각들이 났다.
아무것도 변한 게 없는 것 같으면서도 변해 있었다. 조금 흘
러왔나, 그런 생각을 했고 얼마간 내려온 계단을 다시 올라
장미씨에게 물었다.

요즘은 자는 것이 좀 어떤가요?

자는 거요?

네, 잠을 잘 못 자잖아요.

잘 못 자는 편이지만 전보단 잘 자요.

그렇구나.

숙면을 걱정해주는 건 사랑이라던데.

그래요?

그런 말을 들은 적이 있어요.

네, 갈게요.

미용실에 안내문을 붙이고서 출근을 했다.

해인에게

해인, 잘 있어?

어떻게 지내? 잠은 잘 자고?

나는 호치민이야. 이제 한국은 엄청 쌀쌀해졌겠다. 오늘

여기 최고기온은 29도. 따뜻하다기보다는 곧 태풍 예보가 있어. 허리까지 물이 차면 아무것도 하지 못하게 될 거기 때문에 먹을거리를 좀 사다둬야겠지. 알다시피 이것저것 다 잘 먹고 지내. 나는 언제든 잘 먹잖아.

조금 두려운 마음으로 메일을 쓰고 있어. 전화나 메시지를 하면 섭힐 것 같아서, 겁이 나고 두려워서 메일을 보내. 그런데 메일을 쓰니까 왠지 쓸데없는 말들을 하게 된다. 지금 이 말도 쓸데없는 말 같고 말이야. 지금 이 말도, 지금 이 말도…… 내가 이런 식으로 굴면 너는 결국엔 웃곤 했었어. 그냥 웃기는 건 힘들고, 어이없게 만들어서 웃기는 거. 그거 하나는 잘했는데. 그거 말고 다른 건 다 못한 거 같아. 잘하는 척했지만 널 다 아는 척했지만 넌 속지 않았지. 너무 보고 싶다.

추신. 사실 지금 쓴 것의 세 배 정도 썼었는데 전부 지웠어. 여기서의 나의 생활이 혹시 궁금하지 않을까봐.

컵라면에 끓는 물을 부어 간단히 점심을 먹으려고 할 때 메일 알림이 왔다.

우경에게

나는 지금 컵라면이 익기를 기다리고 있어.
내일 여기엔 겨울보다 먼저 한파주의보가 내릴 예정이래.
다양하게 장을 봐서 태풍을 잘 이겨내길.

추신. 해피가 무지개다리를 건넜어.

덤덤하게 메일을 쓰다가 갑자기 눈물이 나왔다. 아래층에
서 사장님인지 누군가 올라오는 소리가 들렸다. 나는 울음을
멈출 수가 없어 일층 가게 문을 열고 밖으로 나왔다. 주인을
알 수 없을 만큼 오래전부터 주차되어 있던 차에 기대어 남
은 울음을 토해냈다. 차에서 손을 떼자 그대로 손자국이 남
아 있었다.
아줌마, 괜찮아요?
환희가 앞에 서 있었다.
아니.
휴지 갖다드려요?
대기는 쌀쌀하고 햇빛은 밝은 날이었다. 환희는 햇빛에 눈
이 부신지 미간을 잔뜩 찌푸렸고, 제 몸보다 큰 책가방을 바

닥에 내려놓았다.

아, 없네. 원래 늘 챙겨다니거든요.

환희는 가방을 열어둔 채로 매장 안으로 들어가 휴지를 가지고 나왔다.

여기요.

고마워.

에이 비 시 디 이 에프 지…… 큐 알 에스 티 유…… 아 그다음에 뭐였지.

환희가 알파벳 노래를 불렀다. 나는 휴지로 얼굴을 닦고 손자국이 남은 차를 조금 닦았다.

거기만 닦으니까 이상한데요?

환희가 말했고 나는 동의했다.

다른 데가 더 더러워 보여요.

응.

근데 그다음에 뭔지 알죠?

브이 더블유 엑스 와이 지.

감사합니다.

환희가 가방을 메고 다시 에이 비 시 디 이 에프 지…… 노래를 부르며 나를 지나쳐갔다.

벌써 가?

가서 콩 털어야 돼요.

나는 다시 숨을 크게 내쉬면서 저저, 가방 문이 열려 있는데……라고 생각했지만 왜인지 말이 다시 나오지 않아 그저 바라볼 뿐이었다. 땅을 자주 내려다보면서, 작은 돌 같은 것을 주워 논길이나 밭길로 던져가며 걷는 그애의 뒷모습과 남아 있지 않은 발자국을.

다 불은 컵라면은 먹지 못했고 오후에는 오전에 들어온 삼 년 된 냉장고를 닦았다. 삼 년 되었다는데 이틀째 닦고 있다. 여기저기 단단히 들러붙은 기름때가 약품으로도 쉽게 지워지지 않았다. 손이 약품으로 범벅이 되고 있는 것도 모르고 장갑도 안 낀 채로 닦고 또 닦고 있을 때 사장님이 해인씨, 어제는 세상이 무너질 듯 비가 쏟아지더니 오늘은 이렇게 맑아졌네요, 한 다음 그걸 맨손으로 하면 어떡하느냐고 해 그제야 알았다.

날이 쌀쌀해지긴 했어요.

네, 해도 금세 지고요.

내일은 한파주의보까지 내렸다는데, 진짠가.

낮은 산 너머로 해가 지고 있는 것이 보였다. 이럴 때 감기를 조심해야 한다고 사장님이 기침을 하며 말했다. 별거 아닌 거 같고, 누구나 걸리는 거지만 그게 또 그렇지가 않다고.

반복해서 몸을 움직일 땐 아직 땀이 날 정도지만 겨울이 오고 있는 것이다. 버스에서 내려 이 동네에 서면 곧바로 눈에 들어오는 풍경 색으로 계절을 더 잘 알 수 있었다. 매일 보는 풍경인데도 하루하루 달라져 있었다. 새벽부터 움직였을 사람들, 좀비 같은 허수아비들이 서 있고 환희마저 학교를 마치면 깨를 터는 날들. 환희 말로는 한 단이라도 더 털어야 할머니의 일을 줄일 수 있다고 한다. 마감 무렵에 환희가 아, 다행히 아직 안 가셨구나 하면서 삼촌이 잡은 거라며 물고기 몇 마리를 건네고는 그네에 앉았다.

환희야, 너 깨 잘 터니.

네.

그거 어떻게 잘해?

잘할 수 있으니까 잘할 수 있어요.

그렇구나.

네, 저는 개미도 키우고요, 모충도 좋아하고요, 또 춤도 잘 추고요, 영어는 배우는 중이고요.

즐겁겠다.

근데 슬퍼도 괜찮아요.

왜 슬퍼도 괜찮아?

슬퍼도 괜찮으니까요.

환희는 십 분 정도 그네를 타다가 배가 고프다면서 돌아갔다. 나는 퇴근길에 코다리 식당에 들러 음식을 포장했다. 쟤는 눈이 참 꽃 같지 않아요? 꽃 같아…… 식당 사장님이 마당 끝에서 이쪽을 바라보고 있는 개를 가리키며 말했다. 개는 전보다 건강해 보였다.

이모는 바닥에 앉아 조금씩 이동하며 청소를 하고 있었다. 원래도 늘 단정하고 깨끗한 집이었고 그 단정함 위에 다시 단정함이 더해지는 중이었다. 이모는 오래된 수건을 접고 접어 손바닥만하게 만들고서 바닥을 닦았고 나는 식당에서 포장해 온 코다리조림을 냄비에 옮겨 담아 데웠다.

고맙다. 낮에 미용실 열었어.

그러셨어요?

응, 그냥 열었어.

잘하셨어요.

파마도 하고 염색도 하고 머리도 자르고 바빴어.

평소보다.

왜인지 평소보다 바빴네. 맥주 마실래?

네, 조금요.

이모가 맥주 두 병을 꺼내왔다. 잔에 맥주를 따르는데 반

이상을 거품으로 채우고 말았다. 이모는 거품을 좋아한다며 백점이라고 말했다. 텔레비전에서는 일일드라마가 방영되고 있었고 거기서는 복수가 한창이었다. 나는 맥주를 두 잔쯤 마시고 집으로 가 짐을 좀 챙겨오기로 했다. 몹시도 피곤하여 그냥 잘까도 싶었으나 한파가 온다니 두꺼운 옷이 필요할 것 같았다. 드라마가 끝나고 방영된 뉴스에서도 내일의 기온에 대해 단단히 주의를 주었다. 왜인지 쓸쓸할 것만 같았는데 이모가 따라나서주어서 쓸쓸하지 않게 다녀왔다. 마을버스의 운행이 중단되어 버스에서 내린 뒤엔 이십 분쯤을 걸어야 했다. 집까지 걷는 어둡고 긴 골목에서 이모는 속으로 해피를 보낼 준비를 했다는 게, 해피에게 너무 미안하더라고 말했고 나는 별말 없이 걸으며 이모의 말에 대해 생각했다. 그 길엔 얼마간의 간격을 두고 비슷하게 걷던 몇 사람이 있었다.

밤 되니까 정말 추워졌다.

짐을 챙겨서 이모네 집에 도착해 문단속을 다시 했다. 집 안의 모든 문과 창문을 아무리 꽉 닫아도 틈이 있었고 창마다 걸어둔 커튼이 미세하게 흔들렸다. 가을은 없고 겨울인 것만 같았다. 이러다 또 해가 날 테지만 해피가 갔고 오늘처럼 날이 추워지니까 마음이 휑한 것을 어찌할 수가 없게 되었다고 이모가 말했다.

이 마음을 어떡하냐.

아주 걱정하는 듯한 것은 아니었고 받아들여야 하겠지, 같은 혼잣말이었다.

왜 다 갔냐, 응? 왜 다 갔을까.

이모가 말했다.

넌 괜찮니.

네.

괜찮아?

아니요.

새어들어오는 찬바람에 손바닥을 갖다대본다. 손바닥엔 바람이 느껴지지 않았지만 여전히 흔들리는 커튼을 바라보았다. 이모는 보일러를 켜면서 따뜻해질 거라고 말했다. 그때 위이이잉— 하면서 돌풍이 불어왔고 마당의 작은 나무에서 떨어진 나뭇잎들이 콘크리트 바닥을 구르는 소리가 들려왔다. 무슨 일이 생길 것 같다, 생각하는 찰나 와장창 유리 깨지는 소리가 들려왔다. 맨발로 마당으로 나가 집이며 주위를 둘러보니 이모네 집과 붙은 옆집 작은 유리창이 깨져 있었다. 그 집의 전등은 켜져 있었고, 작은방일 텐데, 이모가 말하며 낮은 담장을 기웃거렸다.

무슨 일 있어요?

옆집에 사시는 할아버지의 머리쯤이 언뜻 보였다.

이게 갑자기 그냥 깼졌어요.

할아버지의 목소리가 넘어왔다.

아이고, 어떡해요.

괜찮아요.

내일 치워드릴게 그냥 주무세요, 할아버지. 밤에 위험해요.

내일 내가 해야지.

할아버지가 말했고 이모는 안방에서 주무시니까 괜찮을 거라고 들어가자고 말했다. 아까 치우지 않은 저녁상을 치우다가 컵에 반쯤 남은 맥주를 다시 마셨다. 김이 다 빠져 있으나 그냥 마셨다. 이모는 휴대폰을 보고 있었다. 언뜻 고개를 기울여 보니 손주들의 사진을 보는 듯했다. 서너 장의 사진을 확대해서 넘겨보기를 반복하고 있었는데 아이들은 우경이 준 옷을 입고 있었다. 회사에서 샘플로 만든 아이들 옷이었다. 아이들에게 맞는 크기의 옷을 만들 때면 챙겨주곤 했다. 올해까지만 입을 수 있겠다. 예쁜 옷인데. 이모가 말했다. 저녁상을 마저 치우면서 지난밤에 잘 자지 못했으니까 오늘은 푹 자자고 이야기를 나눈 뒤엔 이모가 먼저 방으로 들어갔다. 나는 얼마간 마루에 앉아 바람소리를 들었다. 문득 아주 익숙하면서도 어딘지 낯선 느낌을 받았고, 얼굴을 씻고 작은방에 들어가 누웠다. 눕자마자 눈이 감겨왔다.

꿈꿨니?

이모가 물었고

네.

대답했다.

어떤 꿈을 꿨니?

아쉬운 꿈이요.

너무 아쉬워서 거기까지도 꿈이었다는 걸, 깨고 나서 알았다. 이모가 부엌에서 물을 꺼내 마시고 컵을 헹구고 내려놓는 소리를 들었다. 이모는 천천히 움직였고 다시 열었던 방문이 닫히는 소리가 이어졌다. 아무 소음도 없는 이 시간에 들으니 좋은 소리로구나, 이모와 함께 있어 덜 힘들다. 그런 생각을 했다.

이모가 간단한 아침을 준비하는 동안 나도 해피의 밥그릇에 밥과 물을 담았다. 이모와 나는 미역국에 밥을 말아먹고 나란히 출근 준비를 했다. 날이 추워 두꺼운 후드티를 겹쳐 입었다. 마당으로 나왔을 때 이모는 옆집 작은방을 살폈다. 불이 켜져 있었으므로 이모는 할아버지를 불렀다. 오 분이면 될 것 같아요. 지금 들어갈게요. 이모가 말하며 마당 한구석에서 목장갑을 찾았고 우리는 같이 옆집으로 들어갔다. 미안해서 어쩌나, 하는 할아버지에게 이모는 다치실라, 저기 가계세요, 하면서 장갑을 끼고 깨진 유리창을 치웠다. 나는 그것을 조금 도왔다.

해인에게

해피가 좋아하던 방석,
해피와 함께하던 산책길을 생각하고 기도했어.
이모는 어떠신지……
네가 곁에 있을 거라 생각해.
여긴 예정대로 태풍이 휘몰아치는 중이야.
창밖을 보고 있으면 그야말로 빗줄기구나,
그런 생각이 들어.

+
한국어를 아주 잘하는 직원에게
매일 베트남어를 배우고 있어.
매일 베트남어를 배우고 있고
매일 너를 보고 싶어하고 있어.

우경에게

이모는 아직 해피의 밥과 물을 챙겨주고 있고
어제오늘 출근을 하셨어.
당분간 이모네 집에서 지낼 예정이야.
나도 이모에게 기대고 있어.
오늘 아침 기온 1도.
사람들 모두 겨울옷을 입고서 날씨 이야기를 하고 있어.
날씨가 늘 같았다면 사람들은 어떤 이야기를 했을까.

사장님과 점심에 국밥을 먹고 돌아와 메일함을 열었다. 우
경이 보낸 이메일을 읽고 있으면 그냥 눈앞에 우경이 있는
것만 같다. 담담하지만 어딘지 장난기가 있는 목소리와, 단
어와 단어 사이 쉼표를 찍듯 남들보다 오래 쉬고 말하는 습
관. 그의 흐린 머리칼, 즐겨 입는 셔츠. 나는 어떤 이야기를
했을까, 라고 쓴 뒤에 덧붙였던 문장 몇 개를 삭제하고 답장
을 보냈다.

19

해인에게

이번엔 좀 오랜만이지.
어떻게 지냈어.
얼마나 많이 봤으면 자려고 눈을 감으면
매일 네가 아른거려서 눈을 뜨지 말자고 생각해.
나는 아마 내 얼굴보다 네 얼굴을 더 많이 봤을 거야.

(그동안 연락하고 싶은 마음을 좀 참아봤어. 이 정도까
지 가능한 것 같은데 어때.)

여느 날과 같은 퇴근길. 움직임이 사라지고 작동을 멈춰 어두워진 현관 앞에 서서 우경에게 온 메일을 읽었다. 그렇구나. 내가 아른거리는구나. 아마도 볼 수 없으니까 아른거리는 거겠지. 아른거린다는 건 그런 거지. 볼 수 없다. 서로 거기에 있으니까. 나는 거기에 없고 너는 여기에 없으니까, 라고 생각하며 몸을 움직였다. 불이 켜지고 나는 노란 조명 아래를 몇 번 돌며 계단을 올랐고 아무도 없는 집안으로 들어갔다. 외출 후에 느껴지는 한기가 싫어서 몇 번을 고민하다가 끄고 나간 보일러의 온도를 올리고 가방을 내려놓았다. 냉장고에 맥주 두 병이 있었다. 나는 그것을 마셨고 다 마신 뒤엔 베란다로 나가 가로등 아래 잎이 다 떨어진 모과나무의 그림자를 바라보았다.

우경에게

크리스마스를 맞아 포인세티아를 샀어.

장이 선 골목을 걷다가 사고 싶어서 샀지.

빨간 것이 꽃이고 파란 것이 잎일 것 같지만 둘 다 잎이래. 꽃은 그 안에 몽우리져 있어.

포인세티아는 해를 봐야 두 잎의 색이 선명해진다기에

창가에 놔두었는데 그만 깜빡하고 이틀을 보냈어.

조금 전에, 꼭 나물을 데친 것 같은 모양새로 변한 화분을 거실로 들여왔어.

나 때문에 그렇게 된 거지.

종종 그러고도 살아난 화분들을 본 적이 있어서 물을 주고 기다려보려고 해.

살아날 수 있을지 모르겠다.

내일은 기온이 영하로 떨어진다고 하고, 모레쯤엔 눈 예보가 있네.

그로부터 얼마간은 우경에게 연락이 없었다. 엄마는 전보다 길게 집을 비우곤 했으며 종종 외지에 가면 사람들이 잘 해준다든지 운전이 많이 늘었다든지 하는 메시지를 보내왔다. 나는 그동안에도 밥을 지어먹고 일을 하고 따뜻한 차를 마셨다.

한 해의 마지막날을 며칠 앞두고 이곳으로 이주 준비를 마친 유진씨가 귤 두 상자를 들고 매장으로 찾아왔다. 유진씨는 먼저 퇴근한 사장님이 두고 간 인절미와 함께 녹차를 마셨고 나는 유진씨가 가져온 귤을 집어 테이블에 얼마간 굴린 다음 까먹었다.

맛있네요.

그쵸.

이제 곧 올라오나요?

네, 거의 정리했지요. 귤 마저 굴리세요.

마음 편히 오는 거지요?

맞아요. 단골이 되어준다는 거 잊지 않았죠?

그럼요.

주변 상인분들이 좋은 사람 와서 다행이라고 환영해주셨
어요. 제가 좋은 사람이라니!

좋은 말이네요.

네, 기분이 좋더라구요.

저도 좋네요.

참, 오다가 까마귀 진짜 많이 봤어요.

맞아요. 요즘 까마귀 많아요.

유진씨는 짧게 자른 머리가 편하다고 말했고 나는 요즘 흰
머리가 부쩍 늘었다고 말했다. 그러네요, 유진씨가 내 머리
를 유심히 보며 말했고 나는 고개를 끄덕였다.

뭐, 그래도 괜찮아요.

네, 그래 보여요.

조금, 웃었던 것 같다. 그리고 우리는 귤 한 상자를 들고

환희네로 갔다. 제주에 사는 유진씨의 지인이 귤 다섯 상자
를 보내와 주변 상인분들께 세 상자를 나눠드리고서 두 상자
는 이리로 가져왔다고 했다.

국수 얻어먹은 보답을 이렇게 시간이 지나서 하게 되네요.

전 이리저리 얻어먹기만.

유진씨의 차를 타고 가면서 그런 얘기를 짧게 나눴다. 환
희네 집 앞에 차를 대고 내렸다. 담장 위에 고양이 두 마리가
앉아 있었고 우리가 들어가는 것을 가만히 지켜보았다.

안녕, 좀 들어갈게.

유진씨가 말했다. 작은 텃밭을 감싼 비닐 안에 가득했던
얼음이 녹고 있었다. 할아버지가 요양원에 가신 뒤로 환희는
요즘 할머니에게 요리를 배우고 있다고 했다. 우리는 슈퍼맨
티셔츠를 입은 환희가 지은 밥과 김치찌개와 달걀말이를 먹
었다.

이야, 달걀말이 크기 봐라. 환희 손 크네.

유진씨가 말했고 환희가 크고 맛있죠? 전 커서 요리사가
될 거예요, 라고 말했다.

얘가 밥을 할 줄 알아야 나 없이도 먹고 살지. 이제 나도
너무 늙어서……

할머니가 환희의 머리를 쓰다듬으며 말했다.

이미 요리사다, 환희야.

그때 환희가 물이 가득 담긴 컵을 엎질렀으나 유진씨가 재빨리 닦았다.

괜찮아, 다 닦았어. 괜찮아.

환희가 고개를 끄덕였고, 밥상을 밀어둔 뒤엔 〈작은 별〉이라는 노래를 배웠다며 우리 앞에서 불러주었다. 자장가잖아? 유진씨가 말했고 환희는 들어보세요, 제가 어제는 알파벳을 배웠거든요, 라고 말하며 그 노래에 알파벳을 넣어 다시 불러주었다. 노래를 다 들은 후엔 할머니의 부탁으로 환희의 숙제를 봐주었다. 재밌는 글이었으나 마침표가 하나도 없어서 문장의 끝마다 같이 찍었다.

잘 먹었어.

또 오세요.

그런 인사를 나누고 헤어졌다. 유진씨가 가고, 집을 향해 걷기 시작했을 때 장미씨에게 문자메시지가 왔다.

〔해인씨, 뭐해요? 내년 4월까지 어떻게 기다리죠?〕

〔내년 4월은 왜요?〕

〔지난번 치킨집에서 받아온 메리골드 씨앗을 심을 거거든요. 꽃말은 '반드시 오고야 말 행복'. 메리골드는 꽃이 오래 피어 있는대요〕

해인에게

그제, 네가 있는 곳에 많은 눈이 내렸나.

아침에 눈을 뜨면 습관적으로 일기예보를 확인해.

감기에 걸리지 않게 따뜻한 옷을 입고 따뜻한 것을 먹기를 바라고 있고.

마을버스는 이제 안 다니겠네.

그사이 자전거를 배웠을지도 모르겠다 생각해.

나는 우리가 모르겠다는 말을 너무 많이 해왔구나, 그걸 알게 되었어.

안다고 생각될 때, 더 경계해야 한다는 것도.

너무 두려웠는데 모르겠다고 말하면 두려움이 조금 옅어지곤 했던 것 같아.

그런 채로 살아왔고 이런 채로 살 것 같아.

무언가를 단언하는 게 너무나도 두렵지만.

유진씨의 신발 가게 개업식에 가는 길에 우경의 메일을 읽었다. 하나둘 떨어지는 빗방울을 보았고 버스 도착 시간을 확인한 뒤 편의점에서 투명한 비닐우산을 샀다. 우산을 사서 나왔을 때 비는 그쳐 있었지만 금세 다시 내리기 시작했다. 우산을 쓰고 걷는 사람은 거의 없었다. 나는 새로 산 우산을 뜯지 않고 그대로 든 채로 버스를 기다렸다.

〔아, 이런. 메리골드는 여러 종류가 있는데, 그중 천수국의 꽃말은 '헤어진 친구에게 보내는 마음, 이별의 슬픔'이래요. 제가 받은 씨앗은 만수국일까요, 천수국일까요〕

〔심어봐야 알겠네요〕

우리는 언젠가 우리가 했던 약속을 지킬 수 있을까. 요즘 나는 우리가 그 약속을 지키지 않아야만 자유로워질지도 모르겠다는 생각을 하곤 한다. 그냥, 난 우리가 괜찮았으면 좋겠어. 각자의 자리에서, 많은 순간에, 정말로 괜찮다고 말할 수 있는 사람이 되었으면. 지금 내게 남은 마음은 그것뿐이라고, 구도심을 향하는 버스 안에서 그런 생각을 했다.

작가의 말

해동이라는 단어에는 여러 뜻이 있는데 전부 마음에 든다.

해동(解凍)

얼었던 것이 녹아서 풀림. 또는 그렇게 하게 함.

해동(海東)

발해渤海의 동쪽이라는 뜻으로, 예전에 '우리나라'를 이르던 말.

해동(解冬)

동안거冬安居의 끝.

해동(孩童)

나이가 적은 아이.

작년 봄부터 겨울까지 쓴 소설을 다듬었다.
인물들의 이름은 바뀌었고 제목은 그대로 남았다.

서로를 미워하며 헤어질 예정이었는데
서로를 그리워하며 헤어지게 되었다.
그냥, 그런 마음이 남았고
두 사람은 그 마음을 그대로 둘 예정이다.

그리고
고마운 마음을 고백하는 일을 좋아해서
이번에도 하지 않을 수가 없는데

책이란 건 이렇게 함께 만드는 거구나 알게 해준
편집자 선생님에게 감사한 마음을 전하고 싶다.

2022년 8월

이주란

문학동네 장편소설
수면 아래
ⓒ이주란 2022

1판 1쇄 2022년 8월 12일
1판 2쇄 2023년 6월 5일

지은이 이주란
책임편집 김영수 | 편집 이민희 염현숙 강윤정
디자인 엄자영 유현아 | 저작권 박지영 형소진 최은진 오서영
마케팅 정민호 김도윤 한민아 이민경 안남영 김수현 왕지경 황승현 김혜원 김하연
브랜딩 함유지 함근아 고보미 박민재 김희숙 정승민 배진성
제작 강신은 김동욱 임현식 | 제작처 상지사

펴낸곳 (주)문학동네 | 펴낸이 김소영
출판등록 1993년 10월 22일 제2003-000045호
주소 10881 경기도 파주시 회동길 210
전자우편 editor@munhak.com
대표전화 031) 955-8888 | 팩스 031) 955-8855
문의전화 031) 955-3576(마케팅) 031) 955-2679(편집)
문학동네카페 http://cafe.naver.com/mhdn
인스타그램 @munhakdongne | 트위터 @munhakdongne
북클럽문학동네 http://bookclubmunhak.com

ISBN 978-89-546-8784-3 03810

www.munhak.com